LE SAUT DE L'ANGE

BERNARD-PAUL LALLIER

LE SAUT DE DE L'ANGE

LES CLASSIQUES DU CRIME

ISBN 2-8302-1334-3

16 369 061 (03)

CHAPITRE PREMIER

LES ORSINI

(Allégrement)

C'est au mois de mars, comme César, qu'Antoine Orsini quitta cette terre et, comme celle du dictateur, sa mort ne fut pas facile. L'autre était tombé entouré de poignards, en plein Sénat pour faire bonne mesure, Antoine n'en vit qu'un seul. Et lui fut-il même possible de le voir?

Les choses avaient sûrement été vite. Décès instantané, avait rapidement conclu le médecin légiste de Nice après une autopsie-éclair. On l'avait retrouvé au sommet de cette colline merveilleuse où s'installa jadis l'auberge du Père Bensa. Au sud, la ville déploie ses fastes de pierre, hommage sans cesse grandissant à la courbe somptueuse de la Baie des Anges et au bleu de la mer qui séduisirent, il y a deux mille ans, des Grecs pourtant difficiles en matière de site. Au nord, les Alpes projettent vers le ciel leurs forteresses étincelantes.

Antoine était au bord de la route, sagement allongé sur le dos, caché par des hautes herbes, les yeux ouverts. Un petit garçon qui allait en classe à Saint-Pancrace le découvrit. Le beau costume du mort, sa chemise de soie, ses souliers qui brillaient tant, intimidèrent l'enfant quelques secondes, puis il s'accroupit et toucha la main gauche du Corse. Des camarades arrivaient.

— Venez voir ce que j'ai trouvé!

Le silence tomba d'un seul coup. Un cercle admiratif de gamins fascinés s'épaissit très vite autour du cadavre.

Quand les policiers soulevèrent le corps pour le déposer sur le brancard, on entendit un bruit sec : le sang avait séché, collant la veste d'alpaga sombre aux graminées, écrasées par les soixante-quatorze kilos d'Antoine Orsini, né à Calenzara le 10 août 1914, sous le signe du Lion. Les herbes couchées, libérées du corps, se redressèrent peu à peu pour danser dans le vent du matin.

Le trépas d'Antoine souleva sur toute la Côte une grande consternation. L'homme était bon, généreux et juste. L'enterrement fut grandiose, à la cathédrale Sainte-Réparate, cœur du Vieux Nice, pleine de fleurs magnifiques — ce qui va de soi dans le premier département horticole de France — et d'une assistance sévère. On retrouvait, dans ces visages corses, les masques de légionnaires romains qui donnent tant de force, tout autour de la Méditerranée, aux bas-reliefs ornant les mausolées, les trophées et les arcs de triomphe. Ce type physique s'est admirablement perpétué dans l'Ile de Beauté.

Le Lacrymosa du Requiem de Mozart provoqua chez les hommes de nombreux retours — fugitifs hélas! à la pureté de l'enfance. Les femmes, quant à elles, c'était des Andromaque. Des figures mates, fermées sur elles-mêmes, où coulaient des larmes irréelles car les yeux sombres ne cillaient pas et l'expression des visages était dure.

La dépouille mortelle du prince interlope embarqua le lendemain sur le « Sampiero Corso ».

A Calenzara, drapée funèbrement, une foule sombre attendait le cercueil aux limites de la commune. Six hommes en noir, des bergers, le chargèrent sur leurs épaules, et la procession défila jusqu'au cimetière, distant de quatre kilomètres, sous un soleil de métal. La terre corse coula doucement sur le cercueil de chêne et son contenu, un homme de cinquante ans avec une plaie triangulaire sous l'omoplate gauche et une médaille de la Vierge, en or, autour du cou.

Une cruelle adversité s'abattit sur certains personnages connus des services de police après l'injuste disparition d'Antoine. Les dieux, sans doute, étaient fâchés.

Un cabaret de Magnan flamba à midi. Les pompiers, pourtant rapides, n'arrosèrent que des cendres. Les feuilles d'un eucalyptus tout proche avaient répandu en brûlant une exquise odeur.

L'inspecteur Rigaux, qui ressemblait au chansonnier du même nom, décida sur-le-champ qu'il n'enquêterait plus désormais que dans les pays de soleil, où les parfums transforment tout, où les paysages sont si beaux. De Magnan aussi, comme des hauteurs de Saint-Pancrace, on voit la mer.

Le personnel du cabaret, un barman, deux plongeurs, costauds, nez plats, regards vagues, avait l'accent d'Oran.

— Pourquoi deux plongeurs? interrogea suavement l'inspecteur Morracchini. L'endroit n'était pas si grand?

— Pour faire respecter la loi sur la police des débits de boisson, Monsieur le Commissaire.

— Pas commissaire, inspecteur.

— Bien, Monsieur l'Inspecteur!

— Dites-moi, votre cabaret était tout neuf, n'est-ce pas?

— Nous l'avions inauguré il y a six mois avec les deux secrétaires généraux de la préfecture. Monsieur le Maire n'avait pas pu venir, mais nous avions l'un de ses adjoints, Pied-Noir, comme nous.

— Pauvre Cythère! coupa Morracchini.

Cythère était le nom du lieu de plaisir calciné.

— Ah! fit Rigaux, l'amour consume tout.

— Vous n'avez pas retrouvé de plaquettes au phosphore par hasard? demanda Morracchini.

Le personnel manifesta un grand étonnement. Le barman haussa les sourcils, fournis mais réguliers. Les deux plongeurs ouvrirent la bouche.

— Je ne comprends pas, dit doucement le barman, qui avait commandé à ses sourcils de revenir à leur position normale.

— Voilà! fit Morracchini. Je l'ai ramassée ici.

Il sortit de la poche de son imperméable une plaquette jaunasse en désignant un point du trottoir à cinq mètres.

— Je pensais que peut-être il aurait pu s'en trouver d'autres. Nous appelons cela une pièce à conviction.

Le feu est l'élément purificateur par excellence. Ainsi la ville de Nice se trouva-t-elle purgée d'un proxénète de Sidi-Bel-Abbès dont les restes — il s'agissait presque de cendres — furent découverts dans un sac à pommes de terre, au bout de la piste de l'aéroport, du côté de la ville. Le friselis des vaguelettes léchait, depuis plusieurs jours, sans doute, les débris, car de petits crabes y avaient fait leurs nids. Verts, agiles, translucides, ils dégoulinèrent prestement par tous les trous de la jute pourrie quand un pêcheur, employé à l'aéroport, leur ravit ce fromage inespéré.

L'identité du supplicié ne fut pas difficile à établir : il n'était pas tout entier rôti. Et les dentistes de l'Oranie, avant l'Indépendance, n'avaient pas acquis la technique de leurs collègues métropolitains, si bien que la mâchoire de Martinez offrait des détails significatifs.

On ramassa aussi un Pied-Noir de vingt-trois ans dans le maquis qui couvre certaines pentes du Mont Boron. C'était un petit garde du corps sans talent puisqu'il n'avait même pas su protéger le sien.

Dès lors, on put croire à une guerre tribale, comme elles l'étaient toutes aux origines et comme elles le demeurent en Afrique.

Une grande inquiétude se manifesta chez les membres de la police, et le sous-entendu lourd de sens se multiplia dans les salles de rédaction. A « Nice-Matin » et à « l'Espoir » d'abord, comme il se doit. Et la maladie gagna le « Provençal » à Marseille, qui ne s'émeut pas pour des bagatelles.

Sylvaine est une belle femme. Son ridicule prénom ne suffit pas, il s'en faut de beaucoup, à tuer l'intérêt que son corps et les brandons voilés de ses yeux jaunes soulèvent chez les hommes. Elle est mariée, peu importe, à Aimé Orsini, frère cadet de feu Antoine le Juste. Si le mariage importe peu dans son cas, c'est que chacun peut trouver le bonheur, ou le plaisir comme on voudra, en compagnie de Sylvaine.

Aimé serait bien ingrat s'il ne laissait à sa femme le double usufruit de son propre corps et de son propre tempérament. En fait, il a très vite su se contenter de la nue-propriété de son épouse. Il lui devait tout, il est vrai, hormis le nom célèbre qu'il lui avait donné et sa parenté. Second fils peu doué d'un clan ambitieux, Aimé n'aurait pu espérer de son frère aîné la lieutenance de son empire sans l'incomparable faire-valoir que constituait à ses côtés cette épouse avide de tout.

Sylvaine était nymphomane. Elle s'ouvrait donc, infatigable, à d'innombrables hommages. Mais son intelligence et sa dureté lui avaient permis, dans cette quête forcenée, de ne pas abandonner tout discernement.

Elle avait su résister longtemps à l'empressement d'Antoine. Le chef de famille était resté célibataire — il n'eût jamais trompé sa femme à qui la parole d'Antoine aurait toute sa vie garanti sa fidélité. S'il s'était marié, il aurait choisi son épouse du côté de Sartène, la ville grise du pays de Colomba, où, en plein vingtième siècle, les affaires de sexe continuent de se conclure dans l'odeur de la poudre et l'horreur du sang répandu.

Sylvaine avait tenu bon avec assez de persévérance pour que le chef exaspéré accordât à son frère l'inspection générale des cercles de jeux clandestins sur lesquels il prélevait l'impôt, de la frontière italienne aux rives du Reyran, jusqu'à Barcelonnette, au nord, comme la République octroie des bureaux de tabac. Après quoi, il s'était perdu à loisir entre les bras de marbre blanc de sa belle-sœur, tandis que son frère courait les routes.

En dehors de son inspection, le second frère Orsini, devenu patriarche, est surtout joueur de boules. Ses tournées lui permettent de se mesurer à l'élite des Alpes-Maritimes. C'est un sport où il est craint. On le laisse parfois gagner de peur des représailles. De fait, il est bon tireur.

Roquesteron est le chef-lieu d'un canton particulièrement sauvage où traînent des troupeaux de moutons entre des bois de pins. Il n'y a pas de tripot dans ce village ancien, qui, dans un arrière-pays moins désert, n'aurait jamais accédé à cette dignité éminente de chef-lieu.

Le cochonnet file dans la poussière, s'immobilise à un mètre du pied d'un platane patriarcal après une parabole qui a cassé son erre et soulevé un peu de poudre qui s'irise d'or dans un rayon de soleil. Les adversaires, eux, sont à l'ombre. Graves les masques, tragiques les attitudes, romaines les apostrophes. La tragédie, de tous les genres littéraires, est le favori de la lenteur, donc du repos. C'est pourquoi elle naquit en Grèce et fleurit aujourd'hui encore tout autour de la Mare Nostrum.

Aimé est bon tireur mais il est aussi bon pointeur. C'est à lui : il engage la partie comme le roi ouvrait le bal à Versailles, dans le temps. Pieds parallèles à dix centimètres l'un de l'autre, il plie les genoux, deux ou trois fois, pas trop bas, la pesanteur est difficile à vaincre. En outre, l'inspecteur des jeux est gros, trop gros même, cent cinq kilogs pour un mètre soixante et onze. Voilà pourquoi Antoine, qui était sec, n'a pu le prendre au sérieux qu'au travers de sa femme, dont il pouvait tenir, nonobstant ses reins superbes, la taille dans les deux mains.

Le bras d'Aimé est tendu en arc de cercle, paume en dessous, avec la boule dedans. Un balancement, la main s'ouvre à la hauteur des yeux noirs, les deux cent cinquante grammes de fonte et d'acier décrivent une molle parabole, frôlent les feuilles basses de l'arbre tutélaire, écrasent une plaque de poussière, pivotent sur eux-mêmes et dérivent vers le but selon un mouvement analogue à celui de notre planète dans sa rotation autour du soleil. C'est qu'Aimé a donné de l'effet par un ultime coup de fouet du bout des doigts. L'intégrale, qui brille comme un boulet de petit calibre de luxe, s'est arrêtée à quelques doigts de la grosse bille de buis verni.

— Voilà! dit Aimé d'une voix de soufflet de forge. C'est pour commencer!

Puis il desserre le nœud de sa cravate noire.

— Bravo Aimé! enchaînent tout de go les deux tireurs de la quadrette.

— Il va encore nous faire des misères, opine poliment un pointeur de l'autre côté, Rugiati, origi-

13

naire de Bonifacio, car ce qu'il y a de bien, à Roquesteron, c'est qu'on est entre soi.

La partie est à peine engagée qu'une Mercedes vert
pomme apparaît au ralenti au bout de la place, débou-
chant de la route étroite, encore dans l'ombre, qui
traverse le village entre les vieilles maisons rébarba-
tives des XVIe, XVIIe et XVIIIe siècles. La voiture s'arrête
en plein soleil à une cinquantaine de mètres des joueurs.
Il y a deux hommes dedans qui ne bougent pas. S'ils
restent là, ils auront vite chaud avec leurs vestes.

— Qu'est-ce que c'est que ces deux types-là? demande Bonaventure.

Bonaventure est un jeune de Bastia qui a débarqué
il y a six mois, recommandé par ses cousins de Calenzara. Il accompagne Aimé pour apprendre à regarder.

— On ne sait pas. Des touristes peut-être, il en vient
quelquefois, risque un indigène.

— Apparemment, ils viennent du Nord, 59, c'est
le numéro du Nord.

La partie se poursuit avec un œil sur la voiture et
les deux types qui doivent commencer à cuire. A qua-
torze points partout, l'émotion est à son comble. Tous
suivent le cochonnet qui, pour la dernière fois, sau-
tille sur les graviers devant le perron de la mairie.
Le passager de la Mercedes ouvre sa portière, descend,
s'étire, fait quelques pas, paraît se raviser, retourne
sur ses pas, reprend sa place. Le chauffeur lance son
moteur, démarre et la voiture disparaît par où elle
était venue.

Le jeune Bonaventure sait se désintéresser de la
pétanque. Il a du chemin à faire pour assurer ses ambi-
tions et il n'a rien perdu de cette hésitation.

Aimé et son équipe marquent trois points d'un coup,
sur carreau. C'est le triomphe après l'angoisse, mais
il est doux de surclasser un ennemi coriace.

14

— A vaincre sans péril..., profère lentement Aimé.

Et il tire de sa veste, qu'il a été chercher dans sa Mercedes — encore une — sang de bœuf un étui à cigares en crocodile qu'il présente à la ronde. On accepte avec joie et cette déférence digne des Corses qui se sont reconnu un patron. Les cigares ne sont pas négligeables : des Château-Margaux qui, il y a deux jours encore, fraîchissaient dans les caves de Davidoff à Genève, non loin de l'Union des Banques Suisses dont le portier, depuis une douzaine d'années, a souvent vu défiler les frères Orsini.

— Allez Pascal, on s'en va! dit Aimé, une fois l'étui vide.

Si Bonaventure n'est que simple garde du corps, Pascal, lui, est un lieutenant dans toute l'acception du terme, sinon dans la force de l'âge. Finaliste aux championnats d'Europe de sabre devant les Hongrois en 1959, il ne sait plus que brandir le Mauser, généralement muni d'un silencieux, car il a pris, avec les ans, l'horreur du bruit. Hier, ce sabreur était aimé des femmes. Aujourd'hui, c'est lui qui les aime, par un juste retour de l'âge et des choses.

Voici une dizaine d'années, Pascal Berutti cultivait une certaine ressemblance avec le portrait inachevé du Premier Consul que nous a laissé David. Comme l'Ogre, il était d'ailleurs né à Ajaccio. Il avait promené ses rêveries d'enfant du côté des Sanguinaires, au pied de la tour gênoise en laquelle il voyait un repaire où entasser des trésors mal acquis et posséder d'innombrables femmes. Dès l'adolescence, son éloquence était telle auprès des filles qu'il lui avait vite paru raisonnable de faire carrière par elles. Comme le cannibale mange le cœur du héros mort pour acquérir sa valeur, Pascal dérobait le cœur des femmes de ses patrons pour gagner leur pouvoir. Cette stratégie a son mérite.

15

« Je suis l'ami des cocus », se disait volontiers Pascal le matin, au réveil. L'amitié impérative avec les mâles trompés était le grand perfectionnement qu'apportait Pascal à la mise en œuvre d'un processus d'ambition banal. Discrétion, c'était sa devise et, plus heureuses que la femme de César, les conquêtes de Berutti n'étaient jamais soupçonnées, en dépit des marques qui mouchetaient leurs peaux.

Cependant, tout n'a qu'un temps. Pour le Napoléon des alcôves, la chair s'était épaissie et ses plaisirs avaient diminué d'autant. Autrement dit, le cochon était devenu gras. Mais, ce qu'il perdait en fornication, il le regagnait en sentiment. Sur le tard, bêtement, il se conduisait comme un collégien. Casanova est devenu Werther.

Aimé, cependant, ne se passe pas de lui. Il l'aime comme un frère. Non pas que la nature l'en ait dépourvu, mais le dernier de la famille, Louis, est une créature bizarre qui méprise ses aînés et s'est éloigné d'eux pour toujours, après un inconcevable pugilat dans un bar de Nice. Il est parti pour l'Indochine où il devait commettre mille bêtises de gamin à la tête d'un commando de partisans.

Aimé ne sait même plus bien où Louis se trouve depuis que le drôle a cessé de lui envoyer chaque année des cartes de vœux spéciales : photographies de femelles asiatiques à l'état de nature dans des poses infâmes, avec des commentaires insultants. Cartes toujours adressées à « Monsieur et Madame Aimé Orsini », ce qui faisait la joie de Sylvaine que les textes ne visaient jamais. Et elle rêvait parfois à ce Louis si spirituel, qu'elle n'avait pas connu, qui devait merveilleusement pratiquer l'amour et qui l'aurait certainement comblée.

Pascal est aussi un remarquable chauffeur et, à ce titre, c'est toujours lui qui conduit Aimé.

— Il fait chaud, dit Aimé à peine assis dans sa voiture, après avoir resserré son nœud de cravate.

— Malheureusement ce n'est pas fini, on n'est qu'au mois de juin, réplique Pascal.

Ils descendaient une route en lacet qui déployait, comme des draperies, une succession de paysages splendides. La vallée du Var approchait avec la mer.

A la sortie d'un virage particulièrement serré, une rafale d'arme automatique écorcha le goudron mou quelques mètres devant la calandre. Pascal poussa vivement du pied droit. Les deux tonnes de ferraille bondirent comme une bête. Nouvelle musique.

— Cette fois, c'est derrière, dit Bonaventure qui avait sorti son pistolet et se tenait à genoux sur la banquette arrière. Ils tirent mal, poursuivit-il.

Pascal était blême, Aimé aussi.

— Arrête-toi! ordonna-t-il à son frère d'adoption.

Berutti gara docilement la 280 sur un bas-côté étroit, où les pneus écrasèrent tout un herbier de plantes parfumées. Aimé descendit pour apercevoir, cent mètres plus haut, un type avec une espèce de fusil d'assaut sous le bras droit qui lui fit de grands signes du bras gauche pendant quelques secondes et s'enfonça tranquillement dans un bois de pins maritimes où la vue le perdit.

— Nom de Dieu! fit Aimé, qu'est-ce que ça veut dire?

— Un avertissement...

— En quel honneur? s'inquiéta naïvement Aimé.

Pendant le reste du trajet, jusqu'à l'avenue de la Californie encombrée de poids lourds, la nature aux yeux des trois Corses perdit toute sa beauté.

Quand l'ordre des choses, quand la loi naturelle sont à ce point troublés, il faut avoir le courage de revoir sa position dans la vie, et de le faire à temps et suffisamment à fond pour décourager les pires manifestations du destin contraire.

— C'est comme les débuts d'une maladie grave, d'un cancer par exemple, dit Aimé, le soir, à Sylvaine, dans leur appartement niçois de l'avenue George V.

— Un cancer, répéta Aimé, à ses commencements, c'est une plaisanterie! Un mois après, la mort s'assied sur ton estomac, et tu n'as plus qu'à attendre qu'elle t'étouffe.

Il tournait dans la pièce comme un bœuf.

— Je n'attendrai pas : on me tire dessus, on fait soi-disant exprès de me rater... Moi, je veux bien être surpris une fois mais je ne veux pas que ça recommence.

— Écoute, Mémé, tu n'as pas d'ennemis mortels. Ce n'est pas comme ce pauvre Antoine. A qui voudrais-tu t'en prendre?

— Et Alvarez, tu oublies Alvarez?

— Tu crois qu'Alvarez...

— C'est le seul qui pourrait ici, donc c'est lui.

Après cette proposition cartésienne, Aimé réfléchit quelques instants et reprit, échauffé :

— Et même si ce n'était pas lui, si c'était par exemple, je ne sais pas moi, une bande de Calabrais que je ne connaisse pas et qui s'attaque à moi pour faire la loi, à moi après Antoine, je me braque sur Alvarez puisque je ne connais que lui.

—.Pauvre Alvarez! dit Sylvaine sur un ton bas.

Elle était allongée sur un divan de cuir noir, en robe de chambre taillée dans un sari de soie jaune paille brodée d'or avec quatre bracelets identiques — simples anneaux d'acier bruni — aux poignets et aux chevilles. Ses cheveux noirs couraient, vivants, chauds et brillants, sur le coussin cerise qui soutenait sa tête. Le métal attirait l'œil sur les attaches souples et minces de la maîtresse de maison mais il régnait aussi dans toutes les pièces. Tables, bureaux, lampes la plupart des meubles en étaient faits. Le fer forgé et l'acier se mariaient avec les cuirs noirs des fauteuils et les tapisseries modernes qui exaltaient le chant du coq ou des accouplements indistincts. Au-dessus du divan, il y avait une femme nue, mais encadrée et suspendue à un crochet X. Elle ressemblait à Sylvaine.

L'appartement était un duplex au sommet d'un immeuble qui sentait encore le béton frais et le minium. Douze niveaux de balcons en gaillards d'avant qui s'offraient au soleil comme les pyramides à degrés du Mexique. D'énormes surfaces de verre teint couleur de glace et d'eau de mer, des ascenseurs qui décollent sur un soupir électronique en emportant leurs passagers comme des fusées captives vers les luxes mystérieux des étages.

C'était le palais Orsini. Seule construction qui méritât ce nom dans une ville où s'en affublent toutes les cabanes à lapins. Antoine en avait rêvé longtemps. Il avait quand même eu le temps de l'inaugurer mais celui de meubler les pièces qu'il s'y était destiné lui avait fait défaut.

Après son assassinat, Sylvaine, flattant la vanité de son morne époux, l'avait fait déménager de deux étages. Aimé, n'est-ce pas, ne pouvait habiter nulle part ailleurs que dans les locaux réservés au chef, puisqu'il l'était maintenant de droit? Ils vivaient donc là, sans mélanges, dans la discipline la plus stricte, à des étages différents.

La patronne avait pris le onzième et le douzième avec sa terrasse, immense. La dalle de béton avait été transformée en huit jours, selon ses vœux, en jardin arabe, genre Alhambra car elle avait gardé un excellent souvenir d'une passade à Grenade. Elle y jouait, nue, les houris, heureuse d'avoir bientôt appris que les lunettes de tir des forts juchés sur des pitons qui protégeaient autrefois la ville se concentraient toutes

19

quand elle paraissait sur le sommet du palais Orsini. Ce voisinage était lointain, certes, mais les appareils d'optique de l'artillerie de forteresse détaillent les mouches à des kilomètres. Quel plaisir alors, d'accaparer des regards si distants, d'imaginer les yeux qui se troublent dans les binoculaires, toutes les parties de son propre corps grossies à toucher le nez des observateurs, les fronts couverts de sueur des jeunes chasseurs alpins qui connaissent si peu les femmes!

Aimé était confiné au dixième étage : la séparation de corps était ainsi confirmée et symbolisée par la différence d'altitude.

Ils se rendaient visite quelques minutes par jour, deux ou trois fois, c'était réglé. Le matin, cinq minutes, parfois dix, jamais quinze, le soir, idem.

C'est ainsi que fut décidé l'attentat contre Alvarez, toréador de paille, orateur hispano-maghrébin, pied-noir comme la nuit. Il avait été, au temps des événements, avec son nombril puant jamais lavé, et ses yeux qui louchaient, l'un des innombrables Démosthène indigènes qui précipitèrent leur passage sud-nord de la Méditerranée.

A Nice, Alvarez s'était tout de suite intéressé aux filles, celles qui tiennent garnison, le soir, entre les avenues de Verdun et du maréchal Joffre pour incendier les sens aseptisés des marins américains de la VIᵉ Flotte qui touchent encore — trop rarement pour les commerçants — aux rivages de France.

Alvarez avait le goût du faste. C'était son meilleur côté, qui lui avait valu naturellement son véritable succès auprès des dames.

Il fut bien puni de fréquenter les belles boutiques.

Il sortait de « Madame », avenue de la Victoire, à quelques mètres du carrefour du boulevard Victor Hugo, à deux pas de la place Masséna. Il était 5 heures du soir. Alvarez portait un paquet d'Hermès sous le bras, suivi d'un nommé Edmond, son garde du corps qui en portait deux autres, tous destinés à des coquines dociles, quand une grosse pétoire partit, sembla-t-il, toute seule : Boum!... Boum! d'une voiture grise, grotesque, une Peugeot minable.

Deux giclées de chevrotines étoilèrent les glaces du magasin le plus élégant de la ville. Ce sont des projectiles capricieux, qui obéissent à une balistique très ancien régime. Trois de ces petites billes d'acier, sur dix-huit — les cartouches du calibre douze étaient chargées à neuf grains — firent cependant mouche. Alvarez en arrêta deux, la première dans le coffre, côté droit, qui se bloqua sur une côte, dérapa, perfora tout juste la plèvre, blessure insignifiante qui, à Verdun, n'aurait pas valu l'évacuation au Poilu mouché. La seconde se fraya un chemin plus mauvais dans la chair de l'Oranais : elle entra sous la ceinture et s'arrêta dans la rate. C'était manquer de chance, car la ceinture était de crocodile et ne se fut jamais laissé traverser. La troisième de ces semences métalliques se ficha dans la carotide du garde du corps dont le sang, à jets réguliers, trempa bientôt sur le trottoir les paquets qui contenaient les créations du plus célèbre maroquinier du monde.

La diligence des ambulanciers ne put rien pour le misérable Edmond qui rendit l'âme bien avant d'avoir atteint l'hôpital.

Au terme de deux mois de clinique, Alvarez, quant à lui, acquit de la philosophie, mais de l'espèce la plus basse, qui tient du fatalisme. Cette période fut adoucie par un défilé de très jolies femmes qui le couvrirent d'oranges et auraient volontiers distrait autre chose que son estomac s'il avait eu l'esprit à s'amuser avec ces créatures de bien.

Après cela, Sylvaine se crut obligée de démontrer à son mari un regain de considération.

— Bien joué, Mémé! lui dit-elle le soir même de l'affaire.

— A quoi bon, ma chatte, il n'est pas mort.

— Mais il te foutra la paix!

— Peut-être comprendra-t-il enfin son intérêt?

Aimé avait parfois de ces bouffées d'altruisme. Il lui en a sûrement été tenu compte, là-haut.

A part ces brefs instants de charité, qui aurait soupçonné chez ce gros homme, vite essoufflé, titulaire né de sinécures, dominé par son épouse, une telle implacabilité?

Vraiment, Antoine était vengé comme beaucoup de princes ne l'avaient jamais été! Calenzara s'enfla d'un immense orgueil. D'ailleurs il y avait un aigle dans le blason de la bourgade. Les communes voisines souffrirent beaucoup de cet accès d'arrogance inouïe. De nouvelles victimes allongèrent la liste des crimes d'honneur. La tombe de l'aîné était fleurie comme celle d'un roi.

A cette époque, quelqu'un décida dans le secret de son cœur que ça avait trop duré, que le meurtre d'Antoine n'avait eu qu'un résultat : faire monter à d'insupportables sommets la popularité du clan qu'il s'agissait d'abattre. Cette âme méchante partit du triste principe qu'il ne faut pas laisser durer éternellement les épopées : la contagion des grands exemples monte à la tête des faibles.

Le lendemain de la Fête Nationale, les échos des bals étaient toujours perceptibles aux amateurs de romance et les parfums des amours éphémères traînaient, entêtants et tristes, du côté du Marché aux Fleurs.

Le 15 juillet, donc, vers midi, le téléphone retentit dans les locaux sales du commissariat principal de la rue Gioffredo. L'inspecteur de permanence était Morracchini, langue pâteuse, tête comme une caisse, imprégné des odeurs d'une mignonne amazone de Toscane rencontrée au bal de l'avenue des Diables Bleus. Un émouvant timbre de femme, rauque et langoureux, vibrait dans l'écouteur.

— Venez, Monsieur le Commissaire! Je crois que mon mari a été assassiné.

— Vous devez vous tromper, Madame, fut-il tenté de répondre tellement l'annonce du drame se mariait mal avec cette voix de ventre.

Mais sa réplique ne fut pas différente de celle qu'aurait dictée le sens le plus strict du devoir :

— Nous arrivons; Madame... A quelle adresse?

— Au palais Orsini, avenue George V, à Cimiez, dixième étage. S'il vous plaît, ne dites rien à la concierge!

La voix avait mué brusquement en requête de petite fille.

— Nous arrivons, répéta Morracchini.

Il raccrocha, très froid d'un seul coup. Orsini? Quel Orsini? Aimé Orsini? C'était une sale histoire. Comme une histoire sanglante de la Renaissance! Orsini, la famille Orsini... Cinq papes, vingt cardinaux, cinquante condottieri. Orsini! Heureusement qu'ils étaient nombreux, car les rangs s'éclaircissaient singulièrement.

— Tu connais madame Aimé Orsini? demanda-t-il à Rigaux tandis qu'ils dépassaient l'immense hôtel sinistre au fronton délabré duquel s'étale encore, en lettres gigantesques, le doux prénom d'Eugénie. La reine Victoria, du temps qu'elle était aussi impératrice des Indes, honora de sa présence la bâtisse rococo qui surplombe, de loin, la mer.

— Sylvaine Orsini?

— C'est bien ça.

— De la tête, un beau corps et du tempérament, c'est toujours ça?

— Tu sais tout!

Ils arrivaient et abandonnèrent leur 404 grise devant l'altière structure de métal où les attendait la dépouille du truand falot que les circonstances avaient trop bien servi. Sylvaine était vêtue d'une robe grise très simple et n'était pas maquillée.

— Entrez, dit-elle, je suis seule... Seule, c'est trop dire, seule avec lui. Venez!

Aimé reposait, allongé sur le dos, sur le tapis berbère qu'il avait choisi lui-même pour sa chambre. C'était un rappel permanent de l'âge héroïque de sa vie, quand il servait comme sergent-chef à la division marocaine du général Guillaume, dans un Tabor. Alors il avait fait connaissance avec l'Italie et s'était ouvert à l'art. Pour l'instant, son ventre ballonné semble gigantesque et attire irrésistiblement le regard. Morracchini revoit la panse des vaches qui se couchaient dans les prés de son enfance. Pauvres prés brûlés, enfance rude mais libre...

— Comment a-t-il été tué?

— Et ce trou dans la tête, derrière l'oreille, vous ne le voyez pas?

Le ton de Sylvaine se précipitait.

— Ah oui! En effet...

Morrachini s'agenouilla.

— Il y a longtemps que je ne me suis pas agenouillé, songea-t-il, un peu confus de constater que la foi de sa jeunesse était loin. On vieillit si vite. Ah, la fraîche odeur de l'église de Bonifacio!

Il enfonce la main dans les poches du pantalon du mort : un mouchoir avec d'énormes initiales brodées en fil pourpre. Pourquoi pourpre? Un trousseau de clés, une boîte de pilules pour régler le rythme cardiaque.

Aimé portait un polo jaune et des mocassins de daim. Le pantalon était de profonde flanelle anglaise, douce au toucher.

24

— Où l'avez-vous trouvé?

— Comment?

— Excusez-moi. Je voulais dire, quand l'avez-vous trouvé?

— Il y a trois quarts d'heure à peu près, en revenant de chez le coiffeur.

— Vous n'avez pas de personnel dans l'appartement?

— Pas aujourd'hui. Louisa, ma femme de chambre, avait congé. Aimé était resté seul. Il a dû ouvrir à quelqu'un qu'il connaissait.

— Pourquoi : « qu'il connaissait »?

— Il n'aurait jamais ouvert à n'importe qui. Il était méfiant depuis la mort d'Antoine. Il y a un œil dans la porte et un interphone.

— Vous n'avez pas trouvé d'arme?

— Non, rien du tout.

— Nous allons être obligés de vous demander de nous suivre.

On introduisit le photographe réglementaire qui fixa sur pellicule la position relative du corps dans la pièce et les traits du mort qui n'exprimaient aucune surprise.

Les explications de l'épouse n'apprirent rien à la police, qui était déjà fort bien renseignée sur les Orsini, leurs affaires et leurs amours. Il fut tout de suite évident que l'épouse n'éprouvait pas un chagrin excessif, mais des démonstrations trop appuyées n'auraient pas manqué de soulever certaines questions, puisque les variations de Sylvaine étaient connues. Il fut visible aussi qu'elle ne souhaitait pas trop éclairer la lanterne de la police niçoise.

Aimé était donc mort d'une balle de 6,35 qui avait traversé le côté droit de la boîte crânienne à la hauteur du rocher gauche et s'était arrêtée au niveau du rocher

25

droit qu'elle avait fracassé. Et, comme l'avait dit Sylvaine, il avait dû connaître son assassin.

Morrachini fut tout près de se laisser aller à la mélancolie. Les Parisiens allaient venir, c'était sûr, du quai des Orfèvres. Deux frères Orsini au tapis, c'était trop. Qui allait venir prendre l'enquête en main? C'est toujours une douloureuse devinette pour les locaux consciencieux. S'entendront-ils avec les missi dominici?

On n'avait pas soumis la veuve au régime de la garde à vue. Elle n'avait pas de véritables alibis, peu de regrets, soit. Mais ces lacunes ne suffisaient pas à la désigner comme la principale suspecte. Berutti fut entendu. Rapidement. Le jour du meurtre il était à Paris. On l'avait vu au cercle de la rue de Presbourg.

Cinquante Corses plus ou moins désoccupés, et cinquante Pieds-Noirs de même obédience — il faut respecter la règle de l'égalité — se plaignirent amèrement d'avoir dû raconter un peu de leur vie limpide aux autorités judiciaires.

Les journaux titraient : « La fin des Orsini. » On aperçut dans les boîtes des envoyés spéciaux de la grande presse, ainsi nommée parce qu'elle est parisienne. Un reporter du « Daily Express » s'installa huit jours durant chez Albert's, rue Maurice Jobert, où il eut la joie de côtoyer son consul.

Sylvaine manifesta le désir de quitter quelques jours les Alpes-Maritimes pour oublier sa peine.

— Mais il ne faut pas l'oublier, votre peine, Madame. Vous ne quitterez pas Nice car vous y préparerez votre vengeance.

— Je peux tout de même aller jusqu'à Cannes, Monsieur l'Inspecteur?

— Si mes devoirs ne me retenaient pas où nous sommes, je me ferais un plaisir, Madame, de l'honneur de vous y accompagner.

Sylvaine aurait bien voulu laisser s'éclairer son beau visage d'un sourire fugitif mais elle s'en garda à temps. Morrachini, le sale flic, n'aurait pas la satisfaction de constater l'effet de sa politesse surannée.

— Votre rôle, Monsieur l'Inspecteur n'est-il pas de défendre l'ordre et de punir les gangsters?

— Jusqu'à mon dernier souffle, Madame.

— Et vous me poussez à la vendetta?

— Je suis un peu Corse. Et nous saurions peut-être, si vous vous laissiez aller, prévenir votre fureur en mettant la main sur l'assassin de votre mari, contre qui elle doit nécessairement s'exercer.

— Je peux tout de même quitter votre bureau?

Morrachini alla lui-même ouvrir la porte à la belle veuve que le noir amincissait sans pour autant la rendre moins désirable. On tenait pour certain, au commissariat central, que c'était très volontiers que Morrachini bavardait avec Sylvaine. Quel homme, d'ailleurs, n'en serait pas là? Rigaux ne l'envoya pas dire à son aîné :

— Tu la trouves belle, Sylvaine?

— Imbécile! répond le Corse. Elle a de beaux seins.

Il savait aussi qu'elle avait beaucoup d'autres belles choses, qui vont par deux ou sont uniques, et se demandait qui continuait d'en profiter, au douzième étage du palais Orsini. Il se promit d'en parler, le moment venu, au Parisien si ce haut personnage daignait écouter les suggestions d'un humble inspecteur d'une lointaine province ensoleillée, où paressaient les gangsters.

Parce qu'il faut que la justice passe, le commissaire Kléber Maës, le chef de la Brigade anti-gang, quitte à 11 heures du matin, un jour de la fin juillet, son garage du Boulevard Raspail, au volant de sa DS 21 couleur gris fer. Le réservoir de la voiture contient soixante-cinq litres de supercarburant, la vidange du bloc-moteur et celle de la boîte de vitesse viennent d'être faites, les bougies sont neuves et les culbuteurs réglés de frais. Le tableau de bord contient toutes les commandes nécessaires au cerveau qui dirige la Brigade de recherches et d'interventions de la police judiciaire.

Le commissaire compte arriver à Nice le lendemain matin après avoir couché à Montélimar, au Relais de l'Empereur, ou à Aix-en-Provence, à l'hôtel Cézanne qu'il affectionne pour sa discrétion. Arrivé sur place il tentera de prouver aux ennemis de la famille Orsini qu'ils auraient beaucoup gagné à laisser vivre en paix les deux frères grâce à qui la cinquième ville de France coulait une vie paisible où le nombre des morts violentes était réduit au minimum.

En outre, pour le commissaire, il y a quelque chose de choquant dans cette série. Il ne peut admettre que le ressort soit cassé à ce point chez les Corses. Ils se défendent mal, mollement, pendant que leurs patrons refroidissent. Au cœur de cette passivité se cache peut-être la trahison. Les fonctionnaires corses de la police, il y en a, ne sont pas contents de cet effondrement. Pour nombre d'entre eux, l'honneur de l'île à la tête de Maure se défend partout, dans tous les milieux.

Maës se moque de la Corse. Peut-être serait-il plus juste de dire qu'il s'en méfie. L'île est trop belle, il la connaît, il en a fait le tour vingt fois, en mission et en vacances, pour oublier les Flandres, province plate, province triste, province grise, forte province, où naquirent la plupart des boxeurs français et l'amiral Jean Bart.

Maës est de Dunkerque. Enfant, il a traîné le long des canaux, surveillé la marée aux portes de l'écluse Trystram, traîné rue des Casernes de la Marine et tendu des embuscades aux élèves du Collège des Dunes qui allaient promener en rangs avec des curés. Le jour de la fête, il retrouvait ses ennemis de la grande place où s'élève la statue du mangeur d'Anglais et tout le monde gueulait en dansant des gigues à la Breughel :

> *Jean Bart, Jean Bart,*
> *T'as ta figure toute noire,*
> *Jean Bart, Jean Bart,*
> *Qu'est sur la place Jean Bart!*

Kléber Maës a quarante-cinq ans. Un demi-siècle de vie brutale, gainée de raffinement et frottée de culture, complètement dépourvue d'ostentation. Il déteste le genre latin : petits costumes avantageux, bruits de bouche, rodomontades sexuelles. Il mesure un mètre quatre-vingt-dix pour quatre-vingt-quatre kilos. Une allumette, une ficelle à côté de ces animaux importés d'Afrique où ils vivent par troupes et qui s'appellent gorilles pour leur ressemblance avec certains lutteurs de foire, défenseurs de causes pourries. Maës n'a qu'un gros défaut : il s'habille chez Creed et ce luxe rétrécit beaucoup le champ de ses rêves vécus. Tissus anglais, coupe anglaise, mais heureusement pas d'humour anglais. Il est intoxiqué d'Extrême-Orient comme un héros de Conrad.

A Saïgon, aujourd'hui, ils sont nombreux qui se rappellent ce jeune commissaire intellectuel qui déclamait du Saint-John Perse dans les bars de la rue Catinat. Des enfants répètent encore pour ne pas oublier : « Ma chienne d'Europe qui fut blanche et plus que moi poète... » C'est à Maës qu'ils doivent cet exemple grammatical difficile.

L'Indochine, voilà justement pourquoi Kléber Maës, qui n'a rien de corse et de niçois, trouve que l'affaire Orsini est pour lui aussi délicate à mener qu'un poème de Saint-John Perse à déguster. L'Indochine aux yeux de Maës, l'Indochine du temps qu'elle était française, était symbolisée par un ami très cher et très guerrier, et qui y est resté, vivant. Cet homme, que Maës avait apprécié à Saïgon, était précisément un Orsini. Le frère des deux gangsters abattus, Louis Orsini. Le seul membre honnête de la famille Orsini — à part sa propre fille Geneviève, qui vit à Paris loin des turpitudes niçoises — doit se trouver quelque part à la frontière cambodgienne. Il ferait beau de le voir débarquer sur la baie des Anges! Maës se trouble, rien que d'y penser!

La DS glisse. 165-170, les grands espaces du Morvan, plateau céleste, sans un village, sans une maison, défilent comme l'éternité, avec leurs bois, leurs champs immenses où coulent de petites routes grises qui vont plongeant vers la Bourgogne ou le Nivernais.

Le péage d'Avallon surgit. Maës remonte vers la ville, et sa voiture s'affale à une heure moins le quart dans le garage de l'Hôtel de la Poste, qui fut longtemps décoré de trois étoiles dans le Guide Michelin.

Le commissaire s'arrête toujours à l'Hôtel de la Poste. Sa voiture est équipée de pneumatiques Pirelli depuis le jour où il a appris que Bibendum avait dégradé — par pur caprice selon lui — la maison célèbre. « Je n'admets pas le fait du prince en gastronomie, surtout en gastronomie », dit Maës qui parle rarement et jamais pour ne rien dire.

On le reconnaît, on l'accueille comme il se doit, et le maître d'hôtel lui fait servir à la fin de son déjeuner un café à la chicorée. Il ne l'aime qu'ainsi. C'est un triste et inexplicable entêtement de ses habitudes flamandes. Ses amis pensent qu'il respecte par droiture un vœu idiot de jeunesse.

Le commissaire est d'autant plus satisfait de cette halte qu'il a trouvé dans la salle à manger deux créatures issues de « Vogue », plus simples heureusement que les élégantes qui remplissent professionnellement les pages du magazine. Les professionnelles posent, les autres vivent. Les deux dames ont bu du Richebourg avec des ris de veau et du fromage d'Époisses. De plus, elles n'ont pas de chiens. A partir d'un certain niveau d'élégance, il est très important qu'une femme se promène ou ne se promène pas partout avec un toutou. Pour Maës, le chien tue la femme. Elle n'en est plus que l'accessoire, que l'animal promène par caprice, et aucun homme digne de ce nom ne peut rien trouver à une fantaisie féminine de teckel ou de cocker.

A 11 heures, le lendemain matin, Kléber Maës arrivait sur la Promenade des Anglais, pessimiste et réprobateur. L'affaire Orsini ne lui plaisait pas et il était depuis toujours allergique à l'humidité niçoise.

Le même jour, à Paris, un pêcheur du crépuscule aperçoit près du Pont Mirabeau une forme insolite qui flotte sur l'eau sale. Un corps, dirait-on. La chose est trop loin de lui pour qu'il l'arrête, mais le courant de la Seine n'est pas celui d'un torrent alpestre. Il a le temps de mieux l'observer. C'est sûrement un noyé. Il se décide à quitter le quai, à prévenir l'agent de police qui règle la circulation sur le pont. Du haut de ce pont, le doute n'est plus possible. C'est bien un cadavre, qui glisse très lentement vers Billancourt. On demande des renforts, police, pompiers. Un canot apparaît.

C'est une femme, une jeune femme, une jeune fille, nouvelle inconnue de la Seine, très brune de cheveux, jolie, et qui porte sur le cou des traces de strangulation. On dirait une Eurasienne. Elle ne reste pas inconnue longtemps. Elle a tous ses papiers sur elle et s'appelle Geneviève Orsini.

31

CHAPITRE II

PASCAL BERUTTI

(Exotiquement)

Pascal Berutti marche en soufflant sous le soleil qui décline. La sueur coule sur son front, comme la pluie sur un toit. Les deux masses poilues de ses sourcils la recueillent comme des chéneaux. Parfois, cependant, une goutte franchit la barricade pileuse, se fraie un chemin sur la joue épaisse, trace sur le cou adipeux un sillage argenté et vient mourir dans la forêt qui apparaît dans l'entrebâillement de la chemise.

Le gros lieutenant de feu Aimé ne ressemble plus du tout au Premier Consul. Ses cheveux sont rares et poisseux. Il porte un pantalon bleu, fripé, déformé. Il tient sa veste sous son bras, tandis qu'à son autre main s'accroche un sac de voyage en cuir marron. Sa chemise blanche est attaquée aux aisselles par des taches concentriques d'humidité. Et il marche lourdement, avec le regard triste de quelqu'un qui monte vers un cimetière.

Cinq minutes auparavant, le taxi chinois qu'il a pris à Pnom-Penh l'a déposé sur la route de Stung-Treng, au coin de ce petit chemin sur lequel présentement il s'essouffle et s'escrime. Ses pieds sont à l'étroit dans ses chaussures. Il est mal à l'aise. L'angoisse vient par moments le frapper puissamment. Alors il pose sa main sur le sommet de son sac, et il sent la forme de son Mauser qui repose, là, sur ses chemises.

Et puis sa pensée traverse les océans et les déserts et s'en va jusqu'à Nice. Dans une chambre blanche, sur un lit blanc, est étendu le corps blanc d'une femme épanouie. Elle murmure doucement des mots suprêmes qui font que Pascal tremble et s'étonne. Il pense à cela tout en marchant. Il pense à cela qui lui donne du courage et fait redoubler son pas.

Le chemin passe au milieu d'une forêt d'hévéas. Le soleil ne parvient pas à percer leur ramure. Aussi Pascal Berutti a-t-il l'impression de s'avancer dans l'allée centrale d'une église. Et il songe à la petite église de Calenzara, en Corse, et à Bertoldi, le vieux curé Bertoldi... Plus il vieillissait et plus il faiblissait. Plus il faiblissait et moins il réussissait à tirer la cloche. Au fur et à mesure qu'il avançait en âge, l'Angélus prenait une sonorité de plus en plus étouffée. Et, à la fin, quelques jours avant sa mort, le bourdon ne produisait plus que des tintements sourds et désespérés, comme la lointaine agonie d'une horloge que l'on a oublié de remonter.

Pascal Berutti aurait mieux fait de ne pas penser à Calenzara et au vieux Bertoldi, car voici que l'image d'Aimé Orsini émerge comme un noyé à la surface de la conscience. Pascal et Aimé étaient autrefois les deux enfants de chœur du vieux Bertoldi, et celui-ci fondait sur eux de grands espoirs. Pour tout dire, il les destinait au séminaire d'Ajaccio. Et le dimanche, après la grand-messe, quand la quête avait été bonne, il leur donnait à chacun cent sous. Munie de cette fortune, les deux compères allaient boire des diabolos-menthe chez la mère Antonini, dont la taverne ombreuse et fraîche s'ouvrait sur la place du village.

Pensant à Aimé, Pascal Berutti sent monter l'angoisse vers sa gorge. Un liquide d'amertume lui glace la poitrine. Alors, à nouveau, lui revient la scène secourable, le remède qui l'apaise comme une main douce qui passe sur son front. Une femme qui le regarde et qui tend vers lui des seins lourds et triomphaux, étrave d'un corps qui se bombe et se tend, comme fouetté et poussé en avant. Les lèvres, où brille la salive, sont entrouvertes. Pascal se sent comme poignardé par cette nouvelle vision. Il s'arrête. Sa main va chercher au fond de sa poche un mouchoir avec lequel, d'un geste mécanique, il s'éponge le front.

Il regarde autour de lui. Il est sorti de la cathédrale de feuillage et de silence. Il a débouché sous le soleil qui, superbement, irradie. Un village s'étend sous ses yeux, au bord de la terre rouge du chemin. C'est Kompong-Trach. Plus loin, il peut voir le but de son voyage, une villa massive aux murs blanchis à la chaux, et qui, plantée sur une hauteur couverte de pelouses, domine l'océan de la forêt.

Pascal Berutti se remet en marche. Voici que maintenant il traverse le village. Une odeur de feux de branchages et de vieille saumure lui remplit les narines. A l'entrée des baraques de bois, des femmes en sampo noir, aux lèvres rougies par le bétel et aux dentures dépeuplées, le regardent. Immobile, assis, en maillot de corps, sur un sac de riz devant son échoppe, un commerçant chinois l'observe. Des chiens jaunes courent devant lui. Des enfants nus aux peaux brunes jouent dans les flaques d'eau d'une récente averse. Loin, très loin, il entend un orage marteler sourdement le ciel.

Et il marche, il continue à marcher d'un pas régulier, en levant parfois la tête vers la villa qui se dresse là-bas, en retrait, et qui veille comme une vigie sur son domaine et sur les vertes étendues de la jungle.

Comme chaque soir, lorsque s'approche la nuit, Louis Orsini est assis dans un fauteuil de paille, sur la terrasse de sa villa. Il cale bien son grand corps, croise ses jambes et son regard erre sur son empire végétal. Au milieu du gigantesque désordre vert, s'ouvre une zone d'ordre, une zone pacifiée : celle de ses hévéas alignés comme des fantassins au garde-à-vous. C'est la plantation de Kompong-Trach qu'il dirige et possède. Sur la table basse, une tiba silencieuse est venue poser une bouteille de whisky et de la glace. Et puis elle s'est retirée et on a entendu décroître le son de ses pieds nus sur les dalles. Louis Orsini, « l'ange noir » comme on l'appelait autrefois à Saïgon, se verse un grand verre de « Black and White », allume une cigarette et s'abîme dans ses pensées. Louis aime cette heure de la journée. Elle est parfumée comme ces femmes d'Asie qui, le soir venu, accrochent à leur chevelure des fleurs de jasmin et dont l'étreinte devient alors odorante.

C'est l'heure où, par la voix de ses trillions d'insectes et d'oiseaux, la nature chante l'apaisement du crépuscule. Bientôt la nuit va tomber comme un voile pesant, bientôt le toké va pousser derrière la maison son cri sempiternel : « To-ké! to-ké! », bientôt derrière l'horizon de la cordillière annamitique jaillira la lune orange.

Alors Louis Orsini, qu'émerveille chaque jour ce spectacle, sent grandir en lui l'exaltation de sa solitude. L'alcool roule et coule au fond de sa gorge. Et il se dit : « Je m'appelle Louis Orsini, j'ai quarante ans. J'ai une fille qui se nomme Geneviève et qui est en France. J'ai des maîtresses qui sont mes servantes. J'ai de l'argent. Mais en fait je suis seul, complètement seul. » Et de cette affirmation naît une sorte de fierté, un orgueil tragique, une joie acérée comme la pointe d'un couteau. Et il boit encore. Il aime l'alcool, bien que celui-ci commence à lui empâter légèrement le visage.

Orsini est ce soir vêtu de blanc : une chemisette blanche, un short blanc. Sa peau est bronzée. Une longue cicatrice sur sa mâchoire accentue la dureté de ses traits. Il a un regard sombre. Il y a en lui quelque chose de désespéré, de poignant et aussi de flétri comme chez un débauché. Mais curieusement, à certains moments, son visage s'éclaire de l'intérieur et, par exemple, quand il sourit, devient adolescent, candide.

Louis Orsini est grand et massif, puissant et vigoureux. Son caractère s'est trempé dans une multitude d'aventures épouvantables et sanglantes. Quand il avait vingt-trois ans, en 1951, il était presque légendaire. Il avait réuni autour de lui un fantastique commando de vietminhs ralliés, qu'il avait choisis lui-même dans les camps de prisonniers. Et, la nuit, il emmenait sa meute derrière les lignes accomplir chez les viets, dans les villages qu'ils contrôlaient, des raids vengeurs.

C'était toujours la mort silencieuse, l'égorgement, les nuques que l'on brise en douceur, les sentinelles attaquées au coupe-coupe, les décapitations. Les soldats et les officiers du corps de l'armée expéditionnaire français le fuyaient parce qu'on trouvait qu'il en faisait trop et parce qu'on le soupçonnait d'éprouver dans ces tueries un plaisir sadique.

En réalité, il se battait à la viet. Les viets égorgaient et éventraient. Il égorgeait et il éventrait également. Les viets torturaient puis tuaient. Il torturait et tuait tout comme eux, avec le même raffinement de cruauté. Son lieutenant était un jeune tonkinois qui avait quitté la Faculté des Lettres de Hanoï pour venir se ranger sous son noir étendard. C'est lui qui procédait personnellement aux « interrogatoires ». Celui-là torturait intellectuellement, scientifiquement, en récitant tout haut des poèmes de Baudelaire : « Sois sage, ô ma douleur et tiens-toi plus tranquille... »

Saïgon était toute bruissante des histoires qui couraient sur le compte d'Orsini. On l'accusait de vouloir

36

se tailler un royaume dans la Plaine des Joncs, territoire infesté de viets où il multipliait les embuscades et les coups de main. Ses hommes lui étaient fanatiquement dévoués, se faisaient couper en morceaux pour lui, résistaient à tous les interrogatoires. Certains d'entre eux allaient jusqu'à s'engager dans l'autre camp pour lui fournir les renseignements nécessaires à ses expéditions.

Mais ce qui contribua définitivement à asseoir sa légende, ce fut sa rivalité et sa lutte avec Koch. Koch était un légionnaire allemand déserteur qui avait pris du service chez les viets. Il avait formé un commando de tueurs plus ou moins inspiré de celui d'Orsini. Entre eux, ce fut la bataille à mort, une partie d'échecs, un jeu de cache-cache. Le lieutenant d'Orsini fut abattu en pleine rue Catinat, à Saïgon. Orsini prit un risque inouï pour le venger. Il se présenta un soir chez les viets en affirmant qu'il était un légionnaire déserteur et qu'il désirait servir l'oncle Ho. Il fut conduit auprès de Koch qui n'avait jamais vu son visage et à qui il joua la même comédie. Et, la nuit même, il le poignarda. Après quoi, il franchit à pied 200 kilomètres en une semaine, en plein pays viet, pour rejoindre les lignes françaises.

La mort l'approchait chaque jour de trop près pour qu'elle ne parvienne pas à trouver en lui, ou à côté de lui, son butin. Il avait épousé une jeune et merveilleuse vietnamienne de Hué, nommée Kim-Hoa, et c'est elle qui fut frappée. Enlevée en plein jour à Saïgon, elle fut emmenée chez les viets, torturée et tuée. Orsini reçut par la poste un paquet d'allure anodine et l'horreur lui jaillit au visage quand, en l'ouvrant, il trouva la douce main fine de Kim-Hoa portant encore à l'annulaire la bague qu'il lui avait offerte.

De ce mariage était née Geneviève qu'il s'ingénia dès lors à protéger, à entourer. Elle était le seul lien

qui le rattachait à la vie normale, à la vie des autres.
Elle était, au sein de ce sombre empire de sang et de
mort, l'unique clarté.

Il avait depuis longtemps rompu toutes relations
avec ses frères Antoine et Aimé, qu'il considérait
comme des malfrats, des hommes pourris et qu'au
fond il méprisait. Ils étaient loin, très loin de lui, vivant
dans un univers de basses combines, de fric et de vie
facile. Il ne les avait jamais aimés et, dès sa jeunesse,
les avait fuis. Car il voulait une existence pure et dure,
une existence solitaire toute magnifiée par l'aventure,
le risque quotidien et l'honneur d'être un homme.

Il n'avait pas d'amis, ou presque pas. Il était taciturne et rugueux. Le seul individu pour qui il avait
éprouvé des sentiments d'amicale tendresse et d'admiration était Kléber Maës, le policier miraculeux de
Saïgon. Ils avaient lutté côte à côte lors de l'offensive
terroriste contre la ville et, en coordonnant leurs acti-
vités, avaient obtenu d'inappréciables résultats.

Les deux hommes s'accordaient et, en dépit de leurs
dissemblances, se reconnaissaient comme appartenant
à la même race, la race de ceux qui ne se payent pas
de mots et qui ont introduit dans leur vie le minimum
de comédie. Parfois, le soir, ils se retrouvaient dans
une fumerie de Cholon et là, au milieu du grésillement de l'opium dans le fourneau des pipes, ces deux
silencieux conversaient jusqu'à ce que l'aube vienne
accrocher sa grisaille aux fenêtres. Ils se faisaient des
confidences, parlaient longuement de l'Asie qu'ils
adoraient et tentaient de comprendre. Kléber Maës
était alors obsédé par le Bouddhisme et se perdait
dans les méandres de la sagesse orientale. Orsini l'y
suivait parfois et s'y perdait avec lui. Et puis, Maës
était retourné en France. Ils s'écrivaient encore, parfois, tous les deux ans.

A la fin de la guerre, Louis Orsini, qui ne pouvait

vivre ailleurs qu'en Asie et qui ne pouvait abandonner ses hommes, avait acquis pour une bouchée de pain cette plantation au Cambodge. En quelques années, il en avait fait une entreprise impeccable, où plusieurs anciens membres de son commando étaient employés. Certains jours il les emmenait comme autrefois dans de fabuleuses expéditions. Il ne s'agissait plus de se glisser en territoire ennemi mais simplement de traquer un tigre ou de poursuivre un troupeau d'éléphants. Et il vivait ainsi, calmement, sans histoire, en bonne harmonie avec les habitants de la contrée. Il avait envoyé Geneviève poursuivre ses études à Paris. De l'autre côté de la frontière, au Vietnam, la guerre était revenue et il entendait gronder le canon sur les hauts-plateaux.

Mais il n'était pas concerné, il était en dehors de tout cela, comme hors du temps, hors de son époque, hors de l'histoire et bien loin de la vaine agitation des hommes.

Et ainsi, ce soir-là, il est assis paisiblement sur sa terrasse, goûtant la fraîcheur du soir, buvant de bonnes gorgées de whisky, écoutant le choc dans son verre des petits cubes de glace et contemplant le paysage habituel, les paillotes, là-bas, sur les bords de l'arroyo et les fumées qui montent du village. Il a appris il y a quelques jours la mort de ses deux frères, mais il ne s'en soucie pas. Bien sûr il a pensé à sa vieille mère toute seule, à Calenzara, à l'autre bout du monde, sa vieille mère toute vêtue de noir, avec son châle de deuil qui encadre son visage osseux. Des larmes ont coulé sur ses vieilles joues. Ses deux fils...

Mais, pour Louis, ses deux frères étaient déjà morts depuis longtemps, ils étaient morts comme ils avaient vécu, dans de sales combines et à cause de leurs sales combines. Et ils en étaient si fiers, de leur fric! Où cela les avait-il menés? A se faire descendre comme des voyous de bas étage!

Et, à ce moment-là, levant les yeux vers le paysage qui s'étend devant lui, il aperçoit venant vers lui, sur le chemin rouge qui serpente à travers les pelouses, un homme qui marche péniblement. Il remarque aussitôt que c'est un blanc, un européen. Il observe qu'il a le crâne dégarni et un ventre qui tend lourdement sa chemise blanche. Il constate qu'il y a dans son maintien quelque chose de faux et de furtif.

Le voilà qui monte maintenant les grands escaliers monumentaux de la terrasse. Louis Orsini, toujours assis, pose ses pieds contre la rambarde et, prenant appui contre elle, se pousse en arrière, les mains derrière la tête, les yeux scrutateurs. L'homme s'avance vers lui, un sac de cuir dans sa grosse main, le visage baigné de sueur.

— Je m'appelle Pascal Berutti, dit-il d'une voix un peu hésitante.

— Je vous connais. Asseyez-vous. Prenez un verre.

Le dîner qui réunit ensuite les deux hommes se réduisit presque à un monologue. Louis Orsini se contenta d'observer Pascal Berutti. Il sentait en lui quelque chose de contraint, une nervosité qui transparaissait dans ses gestes saccadés et dans la sueur qui affluait sur son front. Il l'avait connu autrefois à Calenzara, alors que Berutti avait déjà lié sa destinée à celle d'Antoine et d'Aimé. Louis était très jeune à cette époque et, d'ailleurs, il éprouvait déjà une sorte de dégoût pour cet homme aux cravates trop voyantes qui puait la vanité facile, pour ce maquereau qui se croyait un requin.

Pendant ses brefs séjours à Calenzara, Berutti ne songeait qu'à une seule chose : en jeter plein la vue, déplacer le maximum d'air autour de lui, en imposer. Antoine et Aimé, et cela Louis devait le reconnaître, étaient plus discrets, moins avides de considération

40

vulgaire. Berutti, lui, amenait ses maitresses successives, de longues créatures habillées à la dernière mode et qui faisaient scandale avec leurs décolletés.

Oui, Berutti lui était tout à fait antipathique. Voilà pourquoi il ouvrit à peine la bouche pendant toute la durée du repas. Le lieutenant de ses frères, qui dormaient présentement de l'éternel sommeil dans le caveau familial, parla longuement des choses effroyables survenues à Nice. Il raconta l'arrivée du gang Alvarez, les premières escarmouches, le démantèlement progressif de l'Empire Orsini, le nouveau racket et puis coup sur coup, comme une fatalité inexorable : le meurtre d'Antoine par un tueur kabyle nommé Belkacem et celui d'Aimé par le chef du gang : Alvarez.

Après le dîner, les deux hommes restèrent quelques minutes sur la terrasse. Berutti affirma qu'il avait fui la France parce qu'il était traqué par les tueurs d'Alvarez. Il déclara vouloir s'installer au Cambodge, à Pnom-Penh, où il comptait ouvrir un bar. Il avait vu Jacques Migozzi, corse célèbre à Pnom-Penh, qui lui avait promis de l'aider dans son entreprise.

Puis comme la conversation s'alanguissait et qu'un nuage de moustiques commençait à tourner autour du visage gras et luisant de Berutti, les deux hommes prirent congé. Orsini conduisit son invité jusqu'à sa chambre, serra une main lourde et humide, et le quitta.

Louis Orsini se tournait et se retournait dans son lit. Il ne parvenait pas à trouver le sommeil. Il y avait en lui une inquiétude dont il ne réussissait pas à trouver la cause.

A ses côtés, dormait calmement Mlle Lee. Elle dormait de ce sommeil profond que Louis avait toujours admiré chez les asiatiques. Autrefois, pendant les opérations les plus périlleuses, ses hommes étaient capables de s'endormir aussitôt et n'importe où, sur la diguette d'une rizière, sur un arbre, à côté d'un canon.

Louis Orsini se dressa sur un coude et regarda Mlle Lee. La chambre était obscure et cependant, une fois le drap retiré, la blancheur de son corps de chinoise semblait illuminer la pièce. Sa tête aux cheveux courts était posée sur son bras. Après les épaules délicates, le corps s'infléchissait comme la courbure d'une vague pour rejaillir splendidement.

A nouveau, lui vint le désir de Mlle Lee. Sa bouche erra sur le corps blanc, en ce lieu où les érotiques chinois ont localisé les « 47 caresses de l'amour fleuri ». Mlle Lee ondula doucement. Va-et-vient lumineux, crucifixion, pluie d'étoiles. Mlle Lee revint du lointain rivage où elle s'était assoupie et se mit à gémir et à balbutier.

Vint la surprenante seconde. Alors Mlle Lee tourna vers l'homme qui l'écartelait un visage d'extase et poussa un cri bref, unique.

Dans sa chambre, Pascal Berutti entendit ce cri. Il ne sut à quoi l'attribuer, une bête, un oiseau de nuit sans doute. Il était debout, tout habillé, tenant son éternel sac de voyage à la main. Il regardait attentivement par la fenêtre, vers le village. Il avait peur. Il consulta sa montre qui marquait minuit et cinq minutes. Il pesta : « Ce salaud de Gaucher est toujours en retard. Merde de merde! » Peut-être s'était-il trompé de route? Il lui avait pourtant bien indiqué le trajet à prendre : Kompong-Cham, Chup, Mimot et le premier chemin carrossable sur la gauche.

Il aperçut enfin le signal : à la sortie du village, en contrebas de la maison, les phares d'une voiture s'allumèrent et s'éteignirent trois fois. Pascal Berutti sortit son gros Mauser de sa poche de veste, l'examina, tira de sa poche de pantalon un silencieux et l'assujettit soigneusement au canon.

Louis Orsini était toujours dans les bras frais de Mlle Lee. Elle lui disait de sa voix de rossignol : « Moi c'est beaucoup aimer vous. Moi c'est vouloir être femme pour vous. » Orsini songea en souriant à la tête que ferait le vieux Lee-Tai-Suon s'il venait lui demander sa fille en mariage. Lee-Tai-Suon était le propriétaire de la plantation voisine. Il avait promis sa fille à un riche commerçant chinois de Singapour. Mais depuis un mois, chaque nuit, Mlle Lee venait le retrouver dans sa couche, sans que le père s'en doute naturellement. Chanh, un ancien de son commando, l'attendait près de chez elle, puis ensuite la raccompagnait.

C'était pour Louis Orsini une volupté sans fin que ces étreintes au goût de fruit défendu. Mais ce soir, cependant, il ressentait comme une étrange inquiétude. Il ne savait pourquoi. Il desserra l'étau des bras de la jeune chinoise, la recouvrit jusqu'aux épaules avec le drap, se leva et marcha dans la pièce qu'envahissait le coassement monotone des crapauds-buffles.

Il jeta un œil par la fenêtre. La nuit était obscure. Dans le ciel, il ne pouvait voir aucune étoile. Les nuages de la mousson, sans doute, étaient là. De la pointe de Camau aux contreforts déchiquetés du Yunnan, toute l'Indochine allait entrer dans la saison des pluies.

Il avait chaud. Il n'y avait pas de climatiseur chez lui. Il avait su se débarrasser de cette habitude qui contraignait les Européens à vivre sans cesse dans des cocons frigorifiés. Mais cette chaleur lourde, et puis cette inquiétude sans objet, couvraient aujourd'hui ses épaules d'une sueur visqueuse. Il entra dans la salle de bains, ferma soigneusement la porte afin que le bruit de l'eau n'empêchât point Mlle Lee de dormir, et se fourra sous la douche.

L'eau coulait sur son torse et sur son ventre qu'un

léger embonpoint commençait à déformer. Sur le mur un petit lézard vert, un margouillat, le regardait avec intérêt.

A ce moment, Louis entendit, venant de la chambre, un curieux bruit, un « plof », comme le bruit d'une bouteille que l'on débouche. Il ne s'en inquiéta pas outre mesure. Il arrêta la douche, s'essuya et s'enveloppa dans une serviette éponge. Le margouillat continuait à l'observer avec curiosité. Il ouvrit la porte, alluma la lumière et pénétra dans la chambre.

Sur le lit, Mlle Lee reposait, immobile. Il lui dit tout haut qu'il fallait qu'elle se lève parce que Chanh l'attendait. Elle devait dormir très profondément car elle ne bougea pas. Et quand il lui mit la main sur l'épaule et qu'il aperçut sur la nuque le petit trou rouge, net aux bords bien dessinés, Louis Orsini comprit qu'elle ne sortirait jamais plus de ce sommeil sans rêves. D'un geste sec, il retourna le corps. La balle, en ressortant de l'autre côté de la tête, avait arraché les trois-quarts du nez, le nez délicatement épaté qu'elle frottait parfois contre sa joue en respirant doucement, à la manière cambodgienne. Les paupières étaient fermées. Elle avait été tuée pendant son sommeil.

Louis Orsini eut un haut-le-corps. Il se raidit et devint livide, comme le jour où il avait vu la main coupée de Kim-Hoa. Et, comme ce jour-là, il tomba à genoux et, les paumes des mains posées sur le sol, il vomit longuement. Puis il se releva et se rua chez Pascal Berrutti. La chambre était vide, complètement vide. Le lit n'avait même pas été défait.

Il sortit de la pièce en courant. Sur la terrasse il hurla dans la nuit : « Chanh! » Une silhouette émergea de l'ombre, celle d'un vietnamien habillé de noir.

— « C'est voir quelqu'un sortir d'ici? aboya-t-il.

— Oui moi, c'est voir monsieur français. Lui, c'est

44

pas voir moi. Lui, c'est aller dans le village et monter dans une voiture.

— Une voiture?

— Oui, une Peugeot 404 noire. Un autre monsieur français c'est attendre et c'est conduire. Voiture partie.

— Bon, écoute : va chercher Nguyen et Tran. Dans dix minutes devant la maison. On part. »

Robert Gaucher conduisait avec une nonchalance visiblement affectée. A côté de lui, il voyait ce gros plein de soupe de Berutti qui se liquéfiait de peur, qui se retournait sans cesse. Il avait le regard maladif. Un trouillard, voilà ce qu'il était, songea Gaucher.

— T'as pas fini de te retourner comme ça? finit-il par dire, excédé. Tu l'as tué, oui ou non? Alors, si tu l'as tué, y a pas de pet. On a tout le temps. Il peut plus nous courser.

Et Gaucher prit un air renfrogné. Il avait une tête de petite frappe qui se bat à la sortie des bals, un visage de blouson noir monté en graine et qui, à trente ans, conserve son allure de jeune voyou. Il était musclé et râblé. Sur sa tête, s'étalait une chevelure abondante, d'un blond sale.

Pour bien montrer qu'il ne s'en faisait pas, il ralentit et adopta une vitesse de croisière, une vitesse de touriste. Soudain, peu après Chup, Berrutti, qui était d'une pâleur extraordinaire, poussa un cri : « Il y a une bagnole derrière nous. Presse-toi, bon sang! » Gaucher regarda dans le rétroviseur. En effet, deux phares troublaient la nuit. Il appuya sur l'accélérateur. La voiture bondit en avant. Le compteur marqua 130. Au bout de cinq minutes, Berutti, complètement recroquevillé sur son siège, gémit : « Nom de Dieu! Elle est toujours là! »

Dans la D. S. décapotable, Louis Orsini observait l'automobile qui les précédait. Il connaissait la route par cœur et pouvait prendre tous les risques. Il se bornait à se placer dans le sillage du véhicule de Berutti car il savait que de toute manière il le rejoindrait au bac de Kompong-Cham. Eux aussi le savaient. Ils allaient probablement stopper et essayer de prendre la fuite à pied. Mais quoi qu'il advînt, ils étaient faits comme des rats.

A côté de lui, il sentait Chanh et les deux autres tendus comme autrefois, prêts à bondir, prêts à tuer.

Après un petit pont enjambant un arroyo, il vit la 404 tanguer dangereusement, aller à droite puis à gauche. Ils ne savaient pas combien ces ponts en dos d'âne pouvaient être dangereux. C'était comme un tremplin. On s'envolait... La 404 freina à mort, bascula et tomba dans les rizières. Louis Orsini freina et stoppa.

Les quatre hommes sortirent de la voiture et se précipitèrent. Chanh tenait une mitraillette Sten sous le bras. Les trois autres étaient armés de pistolets. La lune s'était frayé un chemin entre deux nuages et éclairait magnifiquement la scène. Un homme sortit péniblement de la 404 accidentée. Orsini ne reconnut pas Berutti. Nguyen avait bondi sur lui comme un chat et maintenait Gaucher sur le sol. Louis Orsini fit un signe. Chanh s'approcha en souriant du corps étendu. Gaucher criait à tue-tête : « Non! non! laissez-moi! J'y suis pour rien! J'vais tout vous raconter! »

Les trois vietnamiens riaient franchement. Et ils poussèrent des hurlements de joie quand à un mètre de distance et, le canon dirigé vers le bas, Chanh lui tira une rafale dans la tête.

Louis Orsini regarda dans la voiture. Berutti avait disparu. Sans doute avait-il été éjecté au moment où la 404 basculait dans la rizière. Bah! On le retrouverait! Il n'avait pas dû aller bien loin. Il utiliserait une centaine d'hommes s'il le fallait, mais Berutti ne lui échapperait pas.

Pascal Berutti était terrifié. Il avait entendu les cris de Gaucher, qui lui avaient glacé le sang, et puis le bruit sec, atroce, de la rafale. Mais ce qui le faisait trembler comme un malade fiévreux, c'était le son de la voix de Louis Orsini. Ainsi il n'était pas mort! Pourtant il avait soigneusement visé le corps étendu sur le lit. Il l'avait même vu tressauter sur le matelas. Il ne comprenait pas, ou plutôt il n'osait pas comprendre.

Il était couché, immobile, de l'autre côté de la route, collé au talus, la face contre le sol. Il sentait contre sa tempe une grosse veine qui battait. Il avait été éjecté au moment du violent freinage, projeté par une secousse énorme dans le fossé. Et voici qu'il était maintenant couché à une cinquantaine de mètres de ses poursuivants, grosse araignée épouvantée, s'attendant à chaque instant à être repéré et abattu.

Il entendit peu à peu les voix décroître et disparaître. Dans le ciel, la lune s'était abimée dans un nuage. A nouveau la nuit obscure. Il reprit peu à peu confiance, les battements de son cœur s'apaisaient. Le malheur était que son sac avec son pistolet était resté dans la voiture. Il se mit à genoux, secoua la tête, comme un boxeur groggy. Quelque chose de froid lui coula sur la cuisse. Il y porta la main : c'était du sang. Il était blessé!

Il parvint cependant à se mettre debout et à avancer, plié en deux. Il se souvint du petit pont et pensa pouvoir y trouver une cachette, le temps que ses poursuivants s'éloignent définitivement. Il arriva au bord de la petite rivière et se glissa sous le pont. Il y avait à peine la place pour un homme accroupi. Il entendit à nouveau les voix au loin. Elles se rapprochaient.

Son cœur reprit sa chamade. Sa blessure commençait à le faire souffrir. Il geignait doucement.

Les portières claquèrent, la voiture démarra et passa au-dessus de sa tête. Pour l'instant, il était provisoirement sauvé. Mais il lui fallait s'éloigner au plus vite car, dès l'aube, les recherches reprendraient sans doute. Il se mit donc à marcher le long de la berge. La végétation était tellement abondante qu'il n'avançait guère. Il se prit le pied dans une souche d'arbre et s'affala sur le sol boueux. Il resta longtemps épuisé, vautré par terre puis, avec horreur, il songea aux bêtes, aux serpents. Il se releva et continua sa marche.

Cinq cents mètres après, il trouva un sentier. Il ne sut combien de temps il avait marché ni combien de temps il pourrait le faire encore mais il déboucha sur une voie plus large et plus fréquentée car il sentit sur le sol les traces de roues de charrettes. Une fatigue incommensurable avait pris possession de lui. Il n'avançait plus qu'avec peine. Chaque pas lui était une torture. Il fut obligé de s'arrêter. Il se blottit contre un arbre, déboutonna son pantalon de tergal et entreprit de panser sa blessure avec le gros mouchoir à carreaux qu'il avait dans la poche. Puis il remit son pantalon et tenta de se lever. Mais il ne put le faire : un épuisement énorme pesait sur ses épaules.

Il ferma les yeux et s'endormit. Il fit un rêve épouvantable. Un molosse énorme s'acharnait sur lui et le déchiquetait. Il lui avait progressivement enlevé toute sa chair. Finalement il ne lui restait plus que sa tête et voici que le molosse s'approchait, mâchoires ouvertes, pour l'avaler. Et il gémissait : « Non, je vous en supplie, laissez-la moi! » Il sentait déjà une pression sur son crâne et il lui sembla qu'il allait s'ouvrir comme une pastèque mûre.

A ce moment-là, il se réveilla. Une main était sur sa tête, celle d'un paysan cambodgien en sarong qui le regardait avec curiosité. Derrière lui il y avait un buffle attelé à une charrette.

Il faisait grand jour. Le ciel était envahi par de gros nuages cuivrés.

Sarit s'en allait paisiblement vers sa rizière quand il aperçut sur le bord du chemin, appuyé contre un arbre, le corps d'un Français, un « barrang », qui semblait dormir. Il se demanda ce qu'il pouvait bien faire en cet endroit où il n'avait jamais vu aucun Européen. Il s'approcha de lui et l'examina. Il paraissait mal en point. Son pantalon était déchiré et taché. Sa chemise blanche était maculée de boue. Sa veste était dans un triste état. Il dormait. Mais il semblait habité par quelque malveillant génie car ses lèvres bougeaient et laissaient échapper de petits cris plaintifs.

Alors il posa la main sur sa tête pour l'éveiller. L'homme ouvrit les yeux. Sarit l'aida à se lever. Il comprenait un peu le français car autrefois il avait été boy chez l'administrateur de la région. Il comprit que l'homme lui demandait de l'emmener dans sa maison. Il le vit qui tirait péniblement de sa poche un billet de cent Riels qu'il lui tendit. Cent Riels! C'était plus que Sarit ne pouvait gagner en un mois. Il accepta. Tant pis pour la rizière! De toute manière il allait pleuvoir aujourd'hui et il n'aurait pas pu travailler longtemps. L'homme, qui semblait fatigué, monta sur la charrette. Sarit fit tourner son buffle et prit la direction de sa paillote.

Au bout d'une demi-heure de marche dans la forêt, Pascal Berutti sentit sur son front comme un souffle frais. Le chemin débouchait sur un spectacle prodigieux : un fleuve immense roulait calmement ses flots limoneux entre de hautes murailles de végétation. C'était le Mékong! Berutti, en dépit de sa blessure, de sa peur et de son épuisement eut le souffle coupé par la sauvagerie du paysage. Et puis, en lui, naquit un frêle espoir : celui de trouver une barque qui l'emmènerait jusqu'à Pnom-Penh, d'où il pourrait peut-être gagner la France et la femme qui l'attendait là-bas.

La paillote était là, au bord du fleuve. Le paysan l'aida à descendre de la charrette et le conduisit jusqu'à son habitation qui, dressée sur ses pilotis, dominait le Mékong. Il grimpa l'échelle lentement et s'effondra sur le plancher devant la femme de Sarit éberluée. On lui apporta du thé bouillant dans un verre d'une propreté douteuse. Il l'avala d'un trait. On lui apporta également un bol de riz, des baguettes et un peu de poisson sec. Il mangea cela avec appétit.

Il lui semblait peu à peu sortir d'un cauchemar. Il fit signe à Sarit qui vint s'agenouiller près de lui. Il lui offrit 5 000 Riels pour l'emmener à Pnom-Penh en barque. Il insista sur le fait qu'il ne fallait en parler à personne. Sarit avait compris. Il échangea quelques mots avec sa femme qui se tenait à croupetons près du feu. Puis il se tourna vers Berutti, lui dit qu'il était d'accord et lui demanda quand il désirait partir. Berutti réfléchit un instant et se dit que s'il naviguait de jour, il risquerait d'être repéré. Il fixa le départ à la tombée de la nuit. Sarit lui réclama l'argent tout de suite. Il lui donna la moitié de la somme promise. Puis il se cala contre la paroi et s'assoupit de nouveau.

Il fut réveillé par des voix. Il alla jusqu'à la porte et coula un regard par l'entrebâillement. Il eut un sursaut. Deux Vietnamiens, habillés de noir et portant des fusils de guerre en bandoulière, interrogeaient Sarit. Berutti, torturé par une angoisse affreuse, rampa jusqu'au fond de la paillote. Il resta là, sans bouger, frappé par l'épouvante.

Les voix se turent, puis il entendit en frémissant des pas monter lentement l'échelle. Il suait effroyablement. Les pas martelèrent le plancher. Berutti avait un visage d'empalé. Il avait les yeux fermés. Les pas s'approchaient de lui. Il attendait, avec un drôle de poids dans sa nuque, la fatale décharge. L'homme s'arrêta derrière lui. Berutti contempla fixement, les yeux écarquillés, la paroi brunâtre. L'homme posa la main sur son épaule. Il eut un sursaut grotesque puis se retourna. C'était Sarit.

— C'est deux hommes venir. C'est demander vous. Moi dire : vous, c'est pas connaître. Moi dire : Hat-Mien-Barrang, y en a pas Français. Vous, c'est donner moi encore 3 000 Riels parce que moi c'est cacher vous.

Un soulagement massif envahit Berutti qui eut envie de se lever et d'embrasser son sauveur. Il sortit son portefeuille de sa poche-revolver et lui compta six billets de 500 Riels. Sarit sourit et s'en alla. Berutti resta aux aguets, le visage collé à une fente de la cloison, surveillant le chemin.

Le jour s'assombrissait, quand Sarit revint et lui fit signe de le suivre. Les deux hommes sortirent de la paillote et dévalèrent la berge. Une barque à moteur était accostée. Ils sautèrent dedans. Berutti s'installa au fond, roula sa veste, la posa sur la banquette, mit sa tête blême sur cet oreiller improvisé et se laissa bercer par le pétaradement incertain et poussif. Puis il s'endormit et ne se réveilla qu'au petit matin. La peur épuisait physiquement Berutti et il ne cessait d'avoir peur.

A la lueur grisâtre du petit jour, il aperçut au loin les premières maisons basses de Pnom-Penh et les clochetons dorés des pagodes. Il songea qu'il n'était pas au bout de ses peines et qu'il lui faudrait le plus rapidement possible quitter le Cambodge et passer au Vietnam où il savait pouvoir trouver de l'aide chez les Corses de Saïgon. Mais comment passer au Vietnam? Il n'avait pas de visa et il fallait plusieurs jours pour l'obtenir. Et puis, de toute manière, il ne pouvait pas prendre l'avion car Orsini ferait probablement surveiller l'aérodrome. Alors il ne restait plus qu'une seule solution : franchir la frontière en fraude.

Cela devait être possible. Les douaniers sud-vietnamiens étaient loin d'être d'une scrupuleuse honnêteté. Mais qui pourrait l'aiguiller sur la bonne voie? Il pensa à Sinna, la petite cambodgienne avec qui il avait passé une nuit tumultueuse, le soir même de son arrivée à Pnom-Penh. Mais pourrait-il la retrouver? Elle travaillait au bar de Migozzi, le « Saint-Hubert ». Il serait imprudent de sa part d'aller la rejoindre, de se montrer dans un lieu public. Eh bien! Il se posterait devant l'entrée du bar et attendrait l'heure de fermeture.

La barque accostait. Il grimpa sur le quai et songea un instant à ne pas verser le reste de la somme à Sarit. Mais il se ravisa : Sarit pourrait faire un scandale qui attirerait l'attention sur lui, ou bien il pourrait carrément aller le dénoncer à Orsini. Il lui donna la liasse de billets supplémentaires. Puis il héla un cyclopousse, s'installa dans le fauteuil, indiqua une vague direction et se laissa porter dans les rues de la ville.

Pnom-Penh s'éveillait. Dans les larges avenues décorées de pelouses et de massifs de fleurs, des Chinois en short accomplissaient leur gymnastique quotidienne, afin d'être fidèles aux recommandations de radio-Pékin et du Président Mao. Les magasins s'ouvraient. Berutti songea à son aspect extérieur : il devait être repoussant dans son costume fripé et déchiré. Devant un commerce de vêtements, il fit signe au cyclo qui pédalait derrière lui de stopper. Il s'acheta un pantalon de toile bleue, une chemisette blanche et des socquettes sombres.

Il remonta dans le cyclopousse et se fit conduire dans un hôtel crasseux qu'il avait remarqué le jour précédent. C'était le « Sukhalay ». Il y prit une chambre en s'inscrivant sous un faux nom. Il se déshabilla, enleva son pansement et observa sa blessure : elle n'était pas belle à voir. Des bourrelets de pus grossissaient les lèvres de la plaie. Dans sa jambe, il sentait des élancements douloureux.

L'angoisse s'infiltrait en lui comme du sable. Il passa sous la douche et se frictionna longuement. Puis il s'étendit sur le lit et, immobile, s'en alla se promener sur les blancs chemins de sa mémoire. Il avait beau essayer de bifurquer, toujours ils le ramenaient à la même chambre immaculée.

Ces souvenirs le brûlaient et le harcelaient à la fois. Il aurait voulu songer à autre chose, par exemple aux moyens d'échapper à la vengeance d'Orsini, mais il ne pouvait pas. Irrémédiablement il retombait dans son long désir et dans l'évocation des ravissements passés. Il resta comme cela toute la journée, à attendre que la fraîcheur du soir ramène la nuit. Il ne s'assoupit même pas. Il demeura couché sur le dos, les yeux grands ouverts, dans la contemplation du ventilateur antique qui, péniblement, brassait un air vicié, imprégné d'une vague odeur de rut.

Sa figure était effrayante, comme, sur les affiches des ménageries, ces visages d'hommes attaqués par un tigre. Dans sa tête résonnait encore le son de la rafale qui avait tué Gaucher. C'est cet après-midi-là que Pascal Berutti prit conscience que jamais il n'en réchapperait et que lui aussi bientôt, devrait affronter sa mort, sa mort violente. Il comprit qu'il pourrait déployer tous les efforts imaginables pour fuir sans avoir la moindre chance de succès. Il courrait encore, ferait tressauter son corps ventripotent, obliquerait, par tous les chemins de traverse, ce serait en vain : inexorablement et quoi qu'il fît, il marchait à pas de géant vers sa souffrance dernière.

Mais, curieusement, la conscience de cette fatalité, loin de l'encourager à rester immobile sur son lit, à attendre la venue de l'horreur, semblait le pousser à accomplir ces tentatives de fuite et ces gestes de résistance, comme s'ils faisaient partie du jeu et qu'il pût être accusé de tricherie s'il les avait méconnus.

Aussi, à 1 h 30, se trouva-t-il tapi dans l'ombre en face du *Saint-Hubert*, surveillant les allées et venues, inspectant les visages des filles qui en sortaient. A 2 heures du matin, il vit sortir celle qu'il attendait. Il s'avança vers elle en murmurant son nom. Elle leva la tête et le reconnut immédiatement. Elle eut un grand sourire, joignit les paumes des mains devant elle en signe de salutation et lui indiqua un cyclopousse qui suivait le sien. Berutti s'affala lourdement sur le siège roulant. Sinna était une grande fille au teint marron foncé, habillée d'un simple corsage blanc qui découvrait la gorge et d'un sampot en satin noir étroitement fixé aux hanches. Ce qu'elle aimait en Berutti n'était point tant sa gentillesse que son argent. L'autre nuit, il avait été fabuleusement généreux avec elle. Il est vrai qu'il l'avait contrainte à prendre certaines attitudes, comme si celles-ci évoquaient une autre femme. Mais la liasse qu'il lui donna la récompensa de sa patience et l'encouragea à préparer une autre rencontre.

Ils arrivèrent tous deux au logement de Sinna : un « compartiment chinois » situé au troisième étage d'un immeuble du boulevard Monivong. Sitôt arrivée, elle enleva son corsage et exhiba deux seins cuivrés, lourds, pleins de santé. Elle souleva le pan de sa moustiquaire et, après s'être dévêtue de son sampot, se glissa dans le lit. Berutti, d'un pas qui traînait légèrement, vint la rejoindre. Il se promit cependant de lui parler le plus tôt possible du Vietnam.

La nuit s'était écoulée, et puis une autre journée encore. Le soir tombait sur la cité des pagodes et des palais, jetant dans le ciel des lueurs sanglantes, colorant en rose les deux fleuves paisibles, le Mékong impérial et son glorieux dauphin, le Tonlé-Sap. Berutti, accoudé au balcon, observait la rue où régnait l'extraordinaire animation de l'Asie. Il attendait.

Sinna était partie le matin à la recherche de ce qu'il désirait : une voiture et un chauffeur qui le conduiraient au Vietnam. Elle était revenue au début de l'après-midi en déclarant avoir trouvé. Il lui remit une somme énorme, à la fois pour la récompenser et pour payer la moitié du prix convenu avec le chauffeur. Puis elle disparut à nouveau. Et voici qu'il attendait son retour, la gorge nouée par l'impatience.

Une voiture stoppa et se gara en bas. Sinna en sortit et lui fit signe de descendre. Berruti se précipita dans les escaliers. Sinna lui dit que tout était prêt et qu'il ne restait plus qu'à partir. Elle ajouta qu'ils passeraient la frontière tout au nord, entre Snoul et Kratié, et qu'il faudrait encore donner de l'argent au douanier. Il lui tint la main un moment et la regarda. Elle baissa les yeux avec cette pudeur asiatique dont même les pires prostituées ne peuvent triompher. Elle avait un visage d'une beauté très pure, une bouche finement dessinée et un cou qui semblait avoir été créé pour recevoir des baisers. Berutti se dit qu'elle paraissait très innocente. Il serra sa main en lui disant qu'il la reverrait bien un jour. Puis il s'engouffra à l'arrière du véhicule, une *Hillman* anglaise.

Au volant se tenait un Vietnamien taciturne qui, à peine, le salua. La voiture démarra et prit la direction de Kompong-Cham. Snoul, étant à une centaine de kilomètres au nord de la plantation d'Orsini, Berutti refit le même trajet que celui qu'il avait suivi, quatre jours auparavant, en taxi chinois.

Il était assis, flasque, sur la banquette arrière et rêvassait. La voiture fonçait dans la nuit. L'optimisme commençait à le gagner. Il reverrait cette femme et tout serait comme avant. Des visions excitantes traversèrent son imagination. Toute une existence de bonheur et de volupté semblait lui être promise. Bercé par la contemplation de cet avenir idyllique, il s'endormit.

En se réveillant, le premier visage qu'il aperçut fut celui de Louis Orsini.

Louis Orsini avait personnellement dirigé les recherches. Il était comme enragé. Toute la journée qui suivit le meurtre de Mlle Lee, il avait arpenté la région. Il avait divisé ses hommes en petits groupes qui parcouraient la campagne.

Mlle Lee était morte à sa place. Il fallait retrouver le meurtrier et le châtier. Louis était entré dans la nuit de la haine, cette nuit qui ne s'éclairerait qu'à la seconde où il serait vengé. Il ne pouvait penser qu'à cela, sa vengeance, la mort brutale de celui qui avait anéanti une des créatures les plus douces qu'il ait jamais connues. Sans cesse, il revoyait le trou rouge dans la nuque gracieuse et le petit nez arraché et les paupières définitivement baissées. Il serrait les poings et avançait, l'œil aux aguets.

Le soir revint sans que Pascal Berutti ait été découvert. De toute évidence l'homme qu'il cherchait avait réussi à fuir. Il faudrait le traquer partout, au Cambodge, au Vietnam, dans toute l'Indochine, et peut-être même jusqu'en France. Il était prêt à le chasser jusqu'au bout du monde si cela était nécessaire. Mais jamais il n'abandonnerait ses recherches, jamais il ne renoncerait tant que sa haine n'aurait pas été apaisée, tant que Pascal Berutti n'aurait pas reçu le juste salaire de son crime.

Ce soir-là, saisi d'une brusque inspiration, il partit pour Pnom-Penh avec ses trois vietnamiens. Il se souvenait que Berutti lui avait parlé de Jacques Migozzi. C'était là qu'il fallait commencer son enquête. Aussitôt arrivé, il se dirigea vers le *Saint-Hubert*, Comme à l'accoutumée, Jacques Migozzi trônait derrière le bar. Il était probablement l'homme le plus volumineux de toute l'Indochine. Il devait peser cent cinquante kilos et ne se déplaçait qu'avec les plus extrêmes difficultés. C'était une sorte de Bouddha volubile à la gaieté tonitruante. Il l'interrogea sur Berutti. Migozzi se souvenait parfaitement de lui. Il était venu il y a deux jours et avait consommé plusieurs whiskies avec un individu qui l'accompagnait et qui avait une mine de voyou. Puis Berutti avait courtisé une des entraîneuses qui l'avait probablement emmené chez elle après la fermeture.

Louis Orsini se la fit désigner, lui offrit deux ou trois verres et lui posa des questions. Sinna connaissait Louis Orsini de réputation. Elle savait qu'il était une sorte de puissance et qu'il avait énormément d'argent. Aussi ne lui cacha-t-elle rien. Elle reconnut avoir passé la nuit avec Berutti qui s'était montré fort généreux et qui lui avait promis de revenir bientôt la voir. Louis Orsini lui donna un petit matelas de bank-notes en lui demandant de le faire avertir immédiatement dès qu'elle reverrait Berutti. Il logeait à l'hôtel Royal. Il la quitta après lui avoir demandé de ne souffler mot de cette conversation à personne, et surtout pas à Berutti.

Le poisson mordit à l'hameçon le surlendemain matin et, au milieu de toute sa haine, Louis en éprouva une sombre allégresse. Il donna des instructions à Chanh qui fut chargé de jouer le rôle du chauffeur vietnamien avec la complicité de Sinna qui, dans cette machination, gagna, d'un côté comme de l'autre, une véritable fortune. Louis Orsini rentra à sa plantation de Kompong-Trach et attendit.

Dans la soirée, on lui apporta un télégramme qui venait de France. En voyant ce petit rectangle bleu, Louis eut comme une espèce d'horrible pressentiment. Il l'ouvrit, et c'est ainsi qu'il apprit le meurtre de sa fille Geneviève. Il demeura longtemps prostré, sur sa terrasse, le regard perdu dans les lointains, inconscient. Il avait envie... Il ne savait pas de quoi il avait envie. Dans cette chaude soirée, il avait froid et par moments frissonnait comme en plein hiver. Un abîme sans fond s'était creusé en lui, un abîme peuplé de fantômes où résonnait des cris inhumains : tous les cris de souffrance qu'il avait entendus au cours de sa vie.

Il revit la main coupée de Kim-Hoa, la nuque trouée de Mlle Lee. Et il revit le visage de Geneviève. Il se souvenait de certaines particularités de son personnage, de certains gestes insignifiants auxquels il n'avait jamais pris garde. Par exemple, quand elle était émue, elle battait des paupières ou bien la façon qu'elle avait de relever une mèche de cheveux qui tombait sur ses yeux, cela avec un admirable mouvement du poignet. Il se souvenait de sa manière de se jeter dans ses bras quand il allait la chercher à la sortie du Lycée Descartes. Elle était habillée alors d'une petite robe bleue et d'un corsage blanc, ensemble qui lui allait à ravir. Elle lui racontait ses difficultés avec M. Biagini, le vieux professeur binoclard qui enseignait les sciences naturelles. Quand elle fut plus grande, elle devint coquette. Louis se rappelait les regards qu'elle se lançait dans la glace. Il lui arrivait de se maquiller, mais alors c'était d'une légère touche de rimmel sous les yeux.

Elle était morte parce qu'elle était une Orsini, elle était morte à cause de ses deux oncles qu'elle n'avait jamais connus. La même conspiration effroyable qui avait tué Antoine et Aimé, et qui avait presque réussi à tuer Louis, l'avait broyée.

Dans la nuit, les lumières des phares d'une voiture surgirent. Louis se leva, descendit de la terrasse et attendit que Chanh stoppe devant lui. Il ouvrit la portière et se pencha sur le gros homme qui, vautré à l'arrière, dormait. Berutti ouvrit les yeux et le regarda ébahi. Puis une sorte de résignation passa dans son regard.

Louis agrippa son épaule et le projeta hors de la voiture.

Pascal Berutti fut très loquace. Avec avidité, il se laissait porter par le torrent de ses paroles comme si c'était cela qui pouvait l'empêcher de se noyer, de mourir. Il expliqua d'abord les raisons qui l'avaient fait trahir les frères Orsini au profit d'Alvarez. L'Espagnol était jeune, cruel et ambitieux, alors que les frères Orsini se laissaient vivre, même Antoine, qui n'avait plus le mordant d'autrefois. Aimé avait toujours suivi.

Alors lui, Berutti, il avait senti tourner le vent et pris la bonne direction... C'était Belkacem qui avait tué Antoine. Alvarez s'était chargé d'Aimé; il avait profité d'une absence de l'épouse d'Aimé, Sylvaine, qui était une femme facile, ne pensant qu'aux hommes...

A ce moment, Pascal Berutti s'était tu, comme épuisé. Puis il avait repris sa confession. Sylvaine, tout à ses plaisirs, n'intéressait pas le gang Alvarez qui, rapidement, avait mis la main sur des ressources clandestines des Orsini, sur les cercles de jeux. Il ne restait sur leur chemin que lui, Louis Orsini, qu'il était plus prudent de liquider.

Quant à Geneviève... Pascal Berutti parla longuement d'Alvarez. Ce fut sa manière de se venger, de donner avec ses mots plus de souffrance à Louis Orsini que celui-ci ne lui en donnerait jamais avec ses tortures.

Il expliqua d'abord pourquoi Alvarez s'était lui-même chargé du meurtre de la jeune fille, parce qu'il avait besoin des complicités du milieu pàrisien et que, dans cette tâche diplomatique, ni Belkacem, ni aucun de ses tueurs ne suffisaient.

Il raconta ensuite comment l'Espagnol avait trompé la confiance de Geneviève, en se faisant passer pour un ami de son père, comment il avait abusé d'elle, dans tous les sens du terme, comment il l'avait finalement étranglée et jetée dans la Seine...

Louis Orsini était plus pâle que Pascal Berutti. Mais il écouta jusqu'au bout l'horrible confession. Il avait pris des notes, consigné les adresses de tous ces bouchers, interrogé leur sinistre complice sur leurs habitudes.

Puis il s'était retiré, ivre de fatigue et de chagrin, laissant Berutti à ses viets. L'un d'eux avait alors déposé dans un coin de la pièce, avec beaucoup de précautions, un gros sac de jute. Le sac bougeait et Berutti sut qu'il contenait sa mort.

Le serpent, un cobra, semblait hésiter. Puis il rampa vers la grosse masse de chair qui se recroquevillait dans un coin. Pascal Berutti sentit sur sa cuisse la vive chaleur d'une morsure. Ses deux cuisses, désormais, le faisaient souffrir. En quelque sorte, il bénéficiait d'un parallélisme dans la douleur.

Et c'est en songeant à une femme étendue sur un lit qu'il bascula, presque avec indifférence, dans l'éternité.

CHAPITRE III

BELKACEM

(Froidement)

La radio de bord grésilla et crachota quelque chose d'inaudible qui se terminait par « Monte-Carlo ». Louis Orsini fit un signe à la plus jolie des hôtesses.

Elle s'approcha en ondulant légèrement des hanches, de tout le corps, infiniment gracieuse. Louis aimait sa démarche. Il lui avait commandé successivement quatre whiskies, et ne cessait de lui demander des revues, rien que pour la voir marcher. Manifestement, elle aimait beaucoup marcher pour lui. Et lui, il se laissa aller à ce léger plaisir, froidement, comme pour chasser son obsession. S'il voulait réussir, et réussir très vite dans les vingt-quatre heures qu'il s'était fixées, il lui fallait vivre, complètement vivre, sans s'abandonner à sa douleur.

— On pêche quoi, dans cette friture? lui demanda-t-il.

— Nous survolons la principauté de Monaco, Monsieur.

Elle tendit l'index et, prenant appui sur le dossier du fauteuil, se pencha vers le hublot.

— Vous voyez ce bateau? dit-elle en désignant un point. C'est le yacht du prince Rainier.

Elle dit cela d'une voix gourmande et émerveillée,

61

comme une enfant. Orsini ne fit pas de commentaire. Surprise de ne pas recevoir de réponse, elle ramena son regard vers lui. Une délicieuse et hypocrite petite moue de réprobation gonfla ses lèvres lorsqu'elle s'aperçut que son interlocuteur ne regardait rien d'autre que le creux de son épaule dorée, où régnait une subtile odeur de soie sauvage mêlée au Cinq de Chanel.

La jeune hôtesse reporta précipitamment son regard sur le hublot. C'était charmant. Elle s'appliqua à rester dans la même position pendant quelques secondes. Puis elle se redressa enfin, comme à regret, et dit :

— C'est splendide, n'est-ce pas?

— Absolument charmant, répondit Orsini d'un ton vague.

Le ton la fit rougir. Elle battit des paupières, son sourire hésita, puis elle jeta d'une petite voix fière et satisfaite :

— Vous devriez achever votre verre et boucler votre ceinture, monsieur. Nous n'allons pas tarder à arriver.

Les glaçons tintèrent dans le verre. D'un trait, Orsini le vida. Il goûta la chaleur de l'alcool et ferma un instant les yeux, tandis que l'hôtesse s'éloignait avec le plateau.

Il était 6 h 45. La Caravelle bascula. Par le hublot apparurent les collines dressées derrière Nice. Quelque chose se noua dans l'estomac de Louis Orsini, comme cela lui arrivait toujours, jadis, avant les gros coups.

La Caravelle fit un léger écart dans son approche et Orsini aperçut l'aéroport que sa piste jetée sur la mer fait ressembler à un porte-avions à moitié échoué.

L'appareil plongea. Les rides figées à la surface de la mer se mirent peu à peu en mouvement. Un bateau de pêche doubla de taille en deux secondes avant de disparaître sous l'aile. Puis le ruban de piste défila rapidement. La Caravelle frémit en l'effleurant, s'y laissa enfin couler de tout son poids, en douceur.

Ce fut Chanh qui les vit le premier :

— Ces types, c'est quoi, là?

L'avion pivotait lentement sur lui-même et, à une vingtaine de mètres, deux hommes scrutaient chaque hublot au passage : un gros rougeaud au front dégarni, derniers cheveux très noirs, en veste claire, mains dans les poches. Un Corse certainement. L'autre le dépassait d'une bonne tête, mince et sec, cheveux grisonnants, lunettes fumées, costume bleu croisé.

Un tic secoua la joue gauche de Louis, juste au-dessus de sa balafre. D'une voix sourde et tranchante, il donna ses ordres :

— Chanh, tu sortiras avec Nguyen loin derrière moi. Séparez-vous dès que possible. Ne traînez pas à l'aéroport. Vous savez ce que vous avez à faire. Nous nous retrouverons en tout cas au *Grillon d'Or*.

Chanh, tout souriant, émit une petite note de musique approbative.

Louis fronça les sourcils :

— Et pas de bêtises! dit-il en désignant les deux hommes d'un coup de menton. Ce sont des amis. Des amis un peu trop curieux, voilà tout.

— C'est nous pas faire de bêtises, chantonna Chanh en s'efforçant d'effacer son sourire héréditaire.

A la démarche souple et rapide du plus grand des deux hommes, Orsini chassa le seul doute qu'avaient fait naître les lunettes à verres fumés et la vitre déformante du hublot : il avait trop pensé tout au long de ces quinze dernières années au seul homme qui lui ait jamais inspiré un sentiment sûrement proche de l'amitié pour avoir oublié son image.

D'ailleurs, la réciproque était vérifiée. En mettant le pied sur la première marche de la passerelle, Louis avait guetté la réaction de son ami. Elle avait été immédiate, fulgurante. Le gros flic avait voulu se mettre à courir lui aussi, mais Maës lui avait fait signe d'attendre.

Pourtant Louis Orsini ne se faisait pas d'illusions. L'homme qui lui tendait les bras au pied de l'échelle de coupée n'était plus un allié. Ce serait un adversaire. C'était un ami.

Un ami ne vient pas attendre un ami qui ne vous a pas prévenu de son arrivée, à l'aéroport et jusque sur l'aire d'atterissage, flanqué d'un inspecteur de police! Surtout quand on s'appelle Kléber Maës, commissaire divisionnaire, chef de la Brigade anti-gang et qu'on est chargé d'arrêter le massacre de la famille Orsini. Surtout quand l'ami s'appelle Louis Orsini.

Tout de même, c'était gentil à Maës de ne pas cacher son jeu et de le signifier par ce détail : le gros inspecteur qui l'accompagnait. C'était loyal, une preuve d'amitié.

Louis sortit de l'avion en défripant machinalement son léger costume de toile écrue. Il laissa tomber son sac de voyage au pied de la passerelle. Il saisit les deux mains qui s'offraient à lui.

— Louis...

— Mon vieux Maës.

— Louis, je viens d'apprendre, pour ta fille... Et je voudrais te dire que je suis là...

— Je vois... Je te remercie d'être venu.

Il y avait un peu de gêne entre les deux hommes. Louis prit Maës affectueusement par le bras, pour dissiper cet embarras, et aussi pour éloigner le commissaire de ses deux viets. S'il les découvrait, Maës était assez perspicace pour faire un rapprochement.

Lui, Louis, possédait les cartes, il connaissait le début de l'affaire et lui apportait sa conclusion. Et il était décidé à attaquer avec une telle rapidité que le commissaire n'aurait pas le temps de comprendre ni celui d'agir.

Ils se dirigèrent vers le petit bus bleu. Le gros inspecteur suivait à quelques pas. Maës lui fit signe.

— Louis, dit-il, je te présente mon adjoint, l'inspecteur principal Pédrinelli. Il tire mieux au pistolet
que tu ne lances le couteau.

Pour Orsini, c'étaient les meilleures références que
puisse posséder un homme. Il serra la main de l'inspecteur sans dissimuler son estime, et Pédrinelli en fut
quelque peu désarçonné.

— Donne-moi ton passeport, Louis, Ça ira plus
vite.

Maës tendit le document à son adjoint tandis qu'ils
montaient dans le bus.

— Occupez-vous de ça, Roger!

Chanh et Nguyen, perdus dans la foule des passagers, demeuraient invisibles. Le bus s'ébranla et
déposa Orsini et les policiers devant le bureau des
douanes. Ils passèrent le contrôle par une porte interdite. Le préposé de la Sûreté nationale visa sans le
regarder le passeport que lui tendait Pédrinelli. Les
formalités de débarquement s'arrêtèrent là. Louis
n'était pas mécontent : si la police se mettait à lui
faciliter les choses...

— Et tes bagages? demanda Maës.

— Je n'en ai pas. Simplement ce sac de voyage.

Maës le regarda avec étonnement.

— Oui, ajouta Louis. Je n'ai pas l'intention de
m'éterniser à Nice. Dès que je peux, je monte à Paris.
Je n'ai pris que du linge de rechange. A Paris, je m'équi-
perai.

— Bien, bien! fit Maës. Que dirais-tu d'un bon café
bien chaud?

Orsini avait oublié cette particularité de la person-
nalité de Maës. Quand il travaillait, le commissaire ne
fonctionnait qu'au café. Ses souvenirs émergèrent en
foule.

— Avec de la chicorée?

— Tu as de la mémoire.

— Tu m'as assez cassé les oreilles avec tes cours sur la seule et unique façon de préparer un bon café.

Ils rirent tous les deux, ce qui laissa Pédrinelli pantois. Jamais il n'avait vu rire le patron. Puis, ils montèrent l'escalier qui conduit au restaurant panoramique du premier étage.

Ils n'étaient pas pressés d'entrer dans le vif du sujet, ni l'un ni l'autre. Louis s'en serait volontiers passé. Et Maës retardait ce moment pour mieux l'amener. Orsini était un vieux brochet, un dangereux barracuda. Il fallait ferrer très doucement, très doucement.

— Dis donc! fit Louis Orsini, c'est tout neuf, ici. Et pas mal.

— Il y a un bout de temps que tu n'étais pas venu à Nice, en effet. Ce n'est pas très vieux, comme tu vois. Et ça ne deviendrait jamais vieux si les riverains des villas avoisinantes gagnaient leurs procès!

Louis jeta, sans avoir l'air de rien :

— Les avions vont trop vite et la justice pas assez, comme d'habitude.

Maës ne releva pas. Ils choisirent une table du côté de la piste. A fleur de mer, le soleil allumait des vagues sautillantes sur les murs de l'aérogare.

Il fallait se décider. Louis attaqua en souplesse :

— Si je comprends bien, Kléber, tu n'es pas vraiment en vacances ici. Je suis désolé que ma famille te donne du fil à retordre.

Maës contempla d'un air triste ses lunettes fumées, qu'il venait de retirer.

— Là où elle est, elle ne m'en donne plus. C'est toi qui risques de m'en donner. Je ne voudrais pas que tu te mêles trop de tout cela, Louis...

Orsini grimaça durement. Il avait essayé d'oublier Geneviève. Il interdisait à ses pensées d'errer sur sa tombe. Cette tombe, il la voyait à Kompong-Trach...

Maës hocha la tête et posa sa main sur le bras de Louis Orsini.

— N'y pense plus, Louis... Je sais que c'est idiot de dire ça, ajouta-t-il. Tu ne peux que penser à... à cela. Et c'est pour elle que tu es venu, n'est-ce pas?

Louis recouvra un peu de son calme. Il dit gravement :

— Pour la venger, crois-tu? Et c'est aussi pour cela que tu es là, pour m'empêcher de foutre le bordel à Nice... Tu arrives trop tard Kléber! Je me suis déjà vengé.

Pédrinelli eut un haut-le-corps. Maës sut dissimuler le sien. Louis laissa passer un temps de silence que personne ne vint troubler, hormis le rugissement des réacteurs d'un appareil qui s'apprêtait à décoller.

— Je comprends pourquoi les riverains ne sont pas contents, dit-il.

Il posa sur la table son sac de voyage et tira d'un coup sec la fermeture-éclair.

— Je disais donc que je me suis déjà vengé. Et comme tu peux le constater si ça t'amuse, je n'ai pas la moindre arme avec moi. Pas même un couteau.

Il tapota les poches de son léger costume.

— Rien dans les mains, rien dans les poches! Je sais bien, tu me diras que je suis capable de me servir de mes mains nues. Mais quand même, contre un gang tout entier...

Maës ne disait rien. Cette évidente sincérité le laissait perplexe.

— Depuis combien de temps es-tu sur l'affaire Orsini, Kléber? demanda Orsini.

— Quelques jours.

— Et ton premier réflexe a été celui-ci : vont-ils aller descendre Louis à Kompong-Trach? Improbable. Louis va-t-il venir les descendre à Nice? Possible. Tu as téléphoné là-bas? On t'a dit que j'étais en route. Tes fins limiers ont écumé les compagnie aériennes et t'ont rapporté la nouvelle : Louis Orsini, vol AF/UT 176.

Pédrinelli se permit d'intervenir :

— 173...

Louis ne releva pas. Maës conclut en remettant ses lunettes :

— Et voilà, comment nous sommes ici, en train de boire un bon café.

A son tour, Louis posa sa main sur le bras du commissaire. Il mit dans sa voix toute la persuasion dont il était capable.

— Tu peux laisser tomber le café et prendre des vacances, Kléber. L'affaire est close.

— Ça, répondit Maës, tu me l'as déjà dit. Alors, explique-toi.

Louis sortit de sa poche un étui à cigares. Il le présenta aux deux policiers qui refusèrent. Il prit tout son temps pour préparer celui qu'il avait soigneusement choisi. Il le flaira, le fit craquer entre ses doigts, l'humidifia légèrement, coupa enfin le bout. Longuement, il promena la flamme de son briquet autour du cigare. Il ne parla qu'après la troisième bouffée et Maës se garda de l'interrompre.

— J'ai eu de la visite, là-bas. Ta première hypothèse était la bonne. Ils ont essayé de m'avoir. Seulement, « ils », c'en était un tout seul. Seul. Et pas assez rapide!

Maës souleva un sourcil. Il retira ses lunettes, les mit dans leur étui et rangea l'étui dans sa poche. Commençait-il à voir clair?

— Il est mort, reprit Orsini après avoir observé le manège du commissaire. Légitime défense. Et la vendetta est close. Il va de soi que je me tiens à ta disposition pour l'enquête à Pnom-Penh.

Maës, qui s'était enfoncé dans ses méditations, demanda d'une voix lointaine :

— Son nom?

— Berutti. Pascal Berutti, le propre lieutenant d'Aimé. Tu vois que l'affaire est simple. Il lui fallait abattre tous les Orsini pour jouir en paix de leur fortune.

Toujours plongé dans ses méditations, Maës releva un index. Pédrinelli interpréta ce geste à merveille. Il se leva, salua brièvement Orsini et s'éclipsa. Dans quelques heures, Maës connaîtrait mieux Pascal Berutti que celui-ci ne s'était lui-même connu! Certes, dans les dossiers que Maës possédait sur le bout des doigts, le nom de Berutti apparaissait longuement. Mais il convenait dès maintenant de s'intéresser de plus près à ce gaillard.

— Que ce type ait voulu te descendre comme tes frères ne prouve pas qu'il ait toujours agi seul. Il n'a sîrement pas fait tout le travail lui-même. C'est impensable!

Et quand Maës disait qu'une chose n'était pas pensable, cela se révélait toujours exact. Louis le savait parfaitement. Son boniment était trop gros à avaler. Mais il attendait Maës au tournant de sa propre psychologie, ce domaine où le commissaire était un redoutable expert. Maës reprenait :

— Et pourquoi... pourquoi ta fille?

Louis serra les dents. Tout le vernis de son visage, ses expressions de politesse, de courtoisie, d'amitié, tout cela disparut pour laisser place à la texture brute : une plage de violence.

— Cela, dit-il sourdement, c'était le coup de génie de ce monstre, destiné à vous égarer, vous les flics, à vous faire croire à une vendetta, à une impitoyable guerre des gangs. Et pendant que vous cherchiez ici, lui filait tranquillement en Extrême-Orient.

Maës fouilla dans ses poches, reprit ses lunettes. Il appela la serveuse, commanda de nouveaux cafés avec de la chicorée.

— Quoi faire, en Extrême-Orient?

— Ouvrir une boîte à Saïgon. Avec le fric d'Aimé. Sur lequel j'avais sans doute quelques droits... Et c'est pourquoi il lui fallait également me tuer. Nous aurions été voisins. Et crois-tu que j'aurais laissé impuni le meurtre de Geneviève? Même si je m'étais désintéressé de mes frères et de leur fric?

Maës demanda d'une voix impersonnelle :

— Alors, si Berutti a expié, pourquoi es-tu venu?

— Affaires de succession. Je suis ici appelé par le notaire de mes frères, maître Demarquette. Il y a aussi autre chose...

Louis s'était assombri. Il dit d'une voix fêlée :

— De Pnom-Penh, j'ai fait régler tous les détails du transfert du corps. Car je veux enterrer Geneviève à Kompong-Trach, à côté de sa mère. A Paris, j'irai voir si tout est en ordre.

Maës acquiesça d'un signe de tête. Le silence devenait pénible. Il s'empressa de le rompre et de revenir à l'idée qui le tracassait.

— Mais dis-moi... Tout ce que tu sais, tout ce que tu viens de m'exposer, c'est Berutti qui te l'a dit? Et tu l'as cru sur parole?

Louis répondit lentement, en détachant ses mots, et c'était à ce tournant qu'il attendait Maës.

— Un type qui va mourir par mes soins ne s'amuse pas à me mentir.

Maës cloua son regard dans celui d'Orsini. Il demeura silencieux, enleva ses lunettes et joua avec.

Si tout ce qu'avait pu raconter Louis prêtait à suspicion, aucun mensonge n'apparaissait dans ses dernières paroles. Maës le connaissait suffisamment pour savoir qu'un homme « interrogé » par « l'Ange Noir » ne pouvait que dire la vérité. L'Ange ne laissait cet homme en paix, c'est-à-dire qu'il lui faisait la charité de l'achever, qu'après avoir obtenu de lui la vérité.

70

Si Berutti avait dit cela, c'était vrai. Mais Berutti avait-il dit cela?

Maës ne pouvait pas croire que tout ce ramdam fût l'œuvre d'un seul homme. Certes, il y avait eu les meurtres des Orsini et, sans doute, il n'était pas impossible d'imaginer qu'un proche se fût chargé du travail. Dans l'histoire des hommes, y compris celle des gangsters, on avait déjà vu ça. Mais tous les attentats successifs qui avaient remué Nice? On était sur la piste d'une bonne vingtaine de truands, généralement des patrons de boîtes. On reprenait l'enquête à zéro. On recoupait tous les renseignements possibles autour des individus mêlés de près ou de loin aux règlements de compte. On vérifiait les alibis. On interrogeait de nouveau tout le monde. Pédrinelli, par exemple, s'était occupé de la veuve d'Aimé Orsini, en compagnie de l'inspecteur niçois Morracchini. De ce côté-là, il y avait sûrement des choses à apprendre, car Sylvaine Orsini semblait douée d'un tempérament aussi riche que son beau-frère Louis. Enfin, il convenait de tout repasser au crible, comme à l'ordinateur. Un travail fastidieux, mais payant. Il fallait seulement de la patience.

La patience, Kléber Maës en avait à l'infini. Une plaine de patience, riche et calme, comme le plat pays de son enfance.

Il regarda pensivement Louis Orsini sauter dans un taxi en indiquant l'adresse de l'hôtel *Negresco,* où il avait déclaré qu'il descendait.

De l'aéroport au *Negresco,* il y a la Promenade des Anglais, et à l'entrée de la Promenade des Anglais, il y a le Club *Paradis.* Le patron du Club s'appelle Alvarez.

Maës, songeait Louis, n'avait probablement pas encore établi de relations précises entre Alvarez et les

71

frères Orsini. De toute façon, il n'avait pu mettre toute la ville en état de siège, ce qui se révélait très difficile à l'époque des vacances.

En quittant le commissaire, Louis s'était d'abord assuré que celui-ci ne le faisait pas suivre. Il savait se jouer des plus serrées des filatures, et Maës ne l'ignorait pas. Louis accorda une pensée amicale au commissaire lorsqu'il s'aperçut qu'en effet il n'était pas suivi. D'ailleurs, comment le commissaire aurait-il pu supposer qu'il allait attaquer Alvarez à peine descendu de l'avion, à peine arrivé? Tout le génie de son plan tenait dans cette rapidité d'action. Il s'était donné vingt-quatre heures pour tuer Alvarez. C'était réalisable : Berutti lui avait affirmé que l'Espagnol ne quittait pratiquement jamais le Club *Paradis.*

Il observa les alentours, nota soigneusement la disposition extérieure des lieux. Puis il s'approcha de la porte du Club.

Cette porte était bleue, naturellement, sans poignée ni serrure, et naturellement fermée, comme l'est la porte du vrai paradis. On n'entre pas dans ce lieu comme dans un moulin. Mais là, c'était un paradis avec un judas : une petite ouverture grillagée dans cette porte immaculée. Alvarez devait être aussi tatillon que le Bon Dieu. Et il disposait certainement de plusieurs Saints Pierre pour filtrer toutes les entrées, des saints Pierre avec de grosses bosses sous les bras. Mais comme lui n'était aucunement bossu, il pourrait être considéré comme exempt de péchés capitaux.

Louis heurta la porte. Après le temps d'attente réglementaire, le judas s'ouvrit. La sœur tourière, pour autant qu'il puisse voir à travers le grillage, avait une sale gueule inexpressive et bestiale, dans la contemplation de laquelle il ne s'attarda pas.

— Ouais?

— Je viens de la part de Berutti, Pascal Berutti. J'ai un message pour Alvarez.

— Ouais? Envoie le message. Passe-le par la grille. Je transmettrai.

— Un message oral, précisa Louis, à ne remettre qu'au destinataire. Berutti m'a bien recommandé de m'adresser au Bon Dieu plutôt qu'à ses saints.

— Ouais? fait de nouveau Saint Pierre en rigolant-car le verbe rire ne pouvait s'appliquer aux gargouillements qu'il émettait. Eh bien! le Bon Dieu, y doit être au septième ciel de ce moment! Il est pas levé en tout cas. T'as qu'à repasser, mon pote. Pas question de le réveiller. J'ai des ordres!

Le judas se referma. Louis tourna les talons. La voix le héla tandis qu'il s'éloignait. Le judas s'était entrouvert :

— Hé! Comment c'est, ton blaze?

— T'occupe! répondit Orsini.

— Tokupp? T'es Polonais? ricana Saint Pierre.

— Je veux dire que mon nom n'apprendrait rien à Alvarez. Mais si tu y tiens, je m'appelle Andréani.

Le judas se referma. Louis héla un taxi qui le déposa devant le *Negresco*. Quelques minutes plus tard, il pénétrait dans l'appartement qu'il venait de louer. Il fallait cela, pour rassurer Maës. Parce que, quand on vient tuer un grossium dans la ville de Nice, on ne descend pas au *Negresco*.

Il prit dix minutes pour se délasser sous la douche, cinq pour s'étendre et repasser une dernière fois en revue son plan d'action. Après quoi, il se rhabilla, décrocha le téléphone et demanda la réception :

— Qu'on ne me dérange pas sous aucun prétexte! Réveillez-moi à midi.

Il défit ensuite son lit, chiffonna les draps, et entrouvrit avec précaution la porte qui donnait sur le couloir. Il passa avec une telle autorité par l'escalier de service, que la seule lingère qu'il rencontra n'osa rien lui dire. Puis il traversa la Promenade des Anglais.

Chanh et Nguyen eurent plus de chance que Louis dans leur approche de Belkacem. A 9 heures du matin, le Kabyle dormait dans son domicile du vieux Nice. La vétusté des lieux, l'étroitesse de la rue que surplombait un ruban de ciel bleu, cela lui rappelait la Casbah d'Algi, comme il disait.

Pour tuer quelqu'un, les méthodes les plus simples sont souvent les meilleures. On sonne, ce quelqu'un vient ouvrir, on lui plante un couteau dans le ventre et on s'en va. Si une personne passe dans le couloir à ce moment-là, il suffit de poignarder aussi cette personne. C'est très facile. Mais il faut n'avoir peur de rien.

Chanh et Nguyen avaient souvent opéré de cette façon. Parce qu'elle était rapide et qu'ils n'avaient peur de rien.

Nice n'était pas Saïgon, ils le savaient, mais ils étaient pressés. Ils avaient juste pris le temps de passer au *Grillon d'Or* — c'était un ancien du commando de l'Ange Noir qui tenait le restaurant — pour s'approvisionner en armes et en matériel de première urgence.

Dans le couloir sombre de la vieille maison, ils se sentirent dans leur élément. Saïgon était plein de couloirs sombres, semblables à celui-ci, où ils avaient perpétré des tas de meurtres admirables, et comme enfantins.

Il n'y avait pas de concierge. La porte était ouverte. Ils se promenèrent tranquillement dans l'immeuble pendant près de vingt minutes, en l'étudiant avec soin. Ils pouvaient fuir par les toits, en cas de catastrophe, ou passer dans l'immeuble voisin grâce à une cour intérieure. Rien ne s'opposait vraiment à ce qu'ils tentent leur coup suivant les bonnes méthodes.

Ils furetaient comme deux chats. Ils ne rencontrèrent âme qui vive dans les couloirs. S'ils avaient croisé quelqu'un, et celui-là se serait-il étonné de leur présence? Ils auraient répondu en vietnamien, l'auraient noyé sous un déluge de paroles incompréhensibles, jusqu'à ce qu'il abandonne la partie. Et s'il n'avait pas abandonné, ils l'auraient égorgé.

Ils n'avaient pas dit un mot. Ils se comprenaient à merveille, travaillaient vite et sans bruit, chacun de leur côté. Ils se retrouvèrent devant la porte de Belkacem, se concertèrent d'un regard et se sourirent. Tout allait bien.

Chanh sonna à la porte d'un coup extrêmement bref, tandis que Nguyen surveillait l'escalier. Puis il attendit dans une attitude nonchalante. En réalité, il était prêt à bondir et sa main étreignait le manche d'un couteau, dans sa poche.

Si quelqu'un regardait dans l'œil de Moscou encastré dans la porte, il verrait un petit bonhomme à l'aspect insignifiant, un touriste japonais, peut-être, qui s'était trompé de porte, qui allait baragouiner poliment en se courbant jusqu'à terre. Chanh pouvait ressembler à un japonais. Il était classiquement habillé, ainsi que Nguyen, et portait, accroché autour de son cou, un Leica. Sous son bras gauche, il y avait un guide Bleu.

Chanh sourit. Personne ne répondait à son coup de sonnette. Belkacem n'était pas là, ou bien la discrétion de l'appel n'avait pas suffi à le réveiller. Dans les deux cas, il était possible d'entrer tranquillement. Chanh jeta un coup d'œil à Nguyen qui lui répondit par un geste imperceptible. Tout continuait à bien aller.

Chanh commença à travailler la serrure, avec des gestes précis, rapides, et le léger matériel de professionnel qu'il s'était procuré au *Grillon d'Or*. Il n'avait qu'une inquiétude : que Belkacem ait placé un verrou intérieur. Mais le Kabyle avait négligé cette précaution. Il devait être pourri de vanité, méprisant tous les hommes, et les Français en particulier. Il devait se croire invincible, inattaquable dans sa retraite, dont personne ne connaissait l'adresse, hormis Alvarez. Et Berutti...

La serrure céda. Chanh et Nguyen s'engouffrèrent souplement dans l'entrée. Trois portes donnaient dans ce petit vestibule qui sentait le mouton. La première ouvrait sur une petite cuisine, la seconde sur une salle de bains. La troisième était donc celle de la chambre où devait reposer Belkacem. Les deux Viets s'en approchèrent avec circonspection. Ils frôlèrent la poignée, la tournèrent lentement. Cette porte-là était fermée. Normal! Tout ne pouvait quand même pas se dérouler toujours avec autant de facilité qu'une embuscade sur la route de Cao-Bang.

De l'autre côté, rien ne bougeait. Belkacem, s'il était là, avait le sommeil profond, dormait avec l'innocence d'un lion de l'Atlas. Chanh sourit et cligna de l'œil en direction de Nguyen. Il mit le guide Bleu dans sa poche et fit signe à son compagnon d'entrer dans la cuisine. Après quoi, il se dirigea vers la porte d'entrée, qu'il ouvrit avec précaution. Il fouilla dans sa poche et en ressortit une boîte d'allumettes. Il coinça une allumette dans la sonnette, referma prestement la porte et bondit dans la salle de bains. Poignard ou pistolet? Il hésitait.

Dans la chambre, le grésillement ininterrompu du timbre finit par réveiller Belkacem. Ils l'entendirent jurer.

Le Kabyle ouvrit la porte de sa chambre, revolver en main, et se figea. Il était mal réveillé et essayait de comprendre. A cause du revolver qu'il tenait, Chanh décida de ne pas utiliser son poignard mais son pistolet. Ce serait presque aussi discret puisque l'arme était munie d'un silencieux.

Il fallait jouer en quelques secondes. Nguyen avait-il saisi la marche à suivre, allait-il faire la chèvre? Il devait provoquer la diversion qui distrairait Belkacem et permettrait à Chanh d'agir en toute efficacité. Leur numéro était rodé. Lentement, Nguyen entrebâilla sa porte sous les yeux de Belkacem.

Le Kabyle était un homme de leur trempe. Et Chanh le regretta. Belkacem tira sur la porte de Nguyen dès qu'il la vit bouger. Il avait fini de se poser des questions, il tirait. Il poserait les questions après, s'il restait quelqu'un pour lui répondre. Chanh bondit comme un diable et tira à son tour, une fraction de seconde après le premier coup de feu, très vite et sans viser. L'impact fit reculer le Kabyle de deux pas mais le second coup ne partit pas. Le pistolet s'était enrayé.

Belkacem était décidément un lion. D'un coup de pied, il avait refermé la porte et s'était barricadé. Et il continuait à tirer à travers le panneau de bois. Les deux Viets dévalaient déjà l'escalier mais le bruit des détonations leur faisait une très mauvaise publicité. Ils ralentirent leur course dans la rue, se mêlèrent aux promeneurs et s'en furent, d'un pas à la fois rapide et nonchalant, d'un pas de Viet.

Le bruit des détonations n'était pas parvenu jusqu'à la rue. Dans l'immeuble, personne n'avait vu les deux Asiatiques. Ils s'offrirent donc le luxe de rester dans les parages. Si rien ne se produisait, Chanh était fermement décidé à remonter pour achever le Kabyle, et, s'il se passait quelque chose, à suivre Belkacem. Sinon, papa Orsini, c'est pas content... c'est pas content du tout, et Chanh plus oser regarder lui.

Maës apprit tout de suite la tentative de meurtre perpétrée contre Belkacem. La nouvelle lui parvint alors qu'il enquêtait personnellement au domicile de feu Berutti, en compagnie de Pédrinelli. Il n'y vit aucun rapport avec l'affaire Orsini. Mais cela le contraria parce que c'était une nouvelle affaire à suivre et qu'il n'aimait pas faire deux choses à la fois, surtout quand il les prenait à cœur. Et son cœur était particulièrement pris par son ami Louis Orsini. Car si Louis abattait un autre Berutti, un autre des assassins de sa fille, qui pouvait lui en vouloir? La Loi, bien sûr, que Maës était payé pour faire respecter. Mais le mot « payé » était ce qui se rapprochait le moins de la vérité, à tous les points de vue.

Ce genre de pensées lui venait très mal en ce moment. Il les chassa avec agacement et reprit son enquête. Il avait pu apprendre peu de choses. Une femme blonde et grande venait régulièrement visiter Berutti, et pas pour lui lire des poèmes de Saint-John Perse. Comment retrouver une femme grande et blonde dans la ville de Nice? Il en existait des milliers parmi les brunettes du cru.

Maës se tourna vers Pédrinelli.

— Roger! Il va falloir trouver cette femme, éplucher tous les fichiers, établir la liste de toutes les filles qui touchaient Berutti de près ou de loin.

— Toutes celles qui le touchaient, sourit Pedrinelli, oui, monsieur le commissaire.

Maës lui jeta un regard de bull-dog et se contenta de hausser les épaules. Il avait horreur de ce genre d'humour.

— Je veux votre rapport ce soir, Roger. Nous confronterons nos idées. En attendant, nous n'avons plus rien à faire ici. Nous rentrons à la Préfecture.

Ils laissèrent le luxueux studio de Berutti aux mains de deux inspecteurs qui entamèrent une fouille en règle, consignée par écrit au fur et à mesure de son déroulement.

Maës demanda à Pédrinelli de prendre le volant de sa DS. Il avait horreur des embouteillages, horreur du mois d'août. Il se cala dans son siège, retira ses lunettes et se mit à penser à Louis Orsini. Y avait-il un lien entre l'affaire Orsini et l'agression dont venait d'être victime ce Kabyle nommé Belkacem? Possible. Il allait falloir interroger le Belkacem en question dès qu'il serait en état de répondre. Et quel rapprochement pouvait-on faire entre l'arrivée de Louis Orsini et l'attentat contre Belkacem? Quel rapprochement, par conséquent, entre Belkacem et Berutti? Et puis, pourquoi pas, quel rapprochement entre Belkacem et la fameuse femme blonde? Maës tournait ses pensées en même temps que, dans ses mains, ses lunettes. Quelque chose, qu'il distinguait encore mal, comme une ombre à travers des verres fumés, lui disait que l'obscurité allait être soudainement déchirée par un éclair.

Il faisait vraiment trop lourd dans cette ville, déjà assommée par le soleil. Rien, pourtant, n'annonçait l'orage, et la Place Masséna resplendissait géométriquement, alignant avec gaieté ses immeubles à arcades, dont le rouge ligure évoquait la teinte du visage de Pedrinelli.

Maës réfléchissait. Dans sa tête, une impeccable géométrie. Des personnages placés dans des arcades. La DS du commissaire tournait autour de ces arcades rougeâtres supportant le ciel bleu, comme un squale des mers du Sud frôlerait de grands massifs de corail. La fréquentation de Saint-John Perse conduisait le commissaire à des images parfois recherchées. Ce lyrisme était son jardin secret. Il le reposait de la froideur du raisonnement, de cette aptitude qu'il avait à se retrouver dans un enchevêtrement de circuits minuscules. Mais le « computer de la P. J. », comme on appelait le commissaire entre la Place Beauvau et le quai des Orfèvres, avait la tête faite comme le ventre d'un ordinateur. C'était bien pour cela que, à trente-

cinq ans, il était devenu le patron de la **B. A. G.**
Dix ans déjà!

Lorsque le commissaire parvint au siège de la **P. J.**,
où son impeccable costume de chez Creed provoquait
toujours le même étonnement chez les inspecteurs
niçois en bras de chemise, Chanh et Nguyen, pareillement vêtus avec la sobriété d'hommes d'affaires japonais, arrivaient à l'hôpital Saint-Roch.

Ils avaient vu l'effervescence gagner peu à peu la
vieille rue, devant l'immeuble de l'Algérien. Une
ambulance était arrivée. Quelques minutes après,
Belkacem sortait sur un brancard. Ils se tenaient au
premier rang des badauds et ils l'avaient parfaitement
vu. L'Algérien respirait avec difficulté mais il vivait.

— Il a pris une balle dans le buffet, dit un des bran-
cardiers en passant, mais il s'en tirera. Il faut l'opérer
tout de suite.

Chanh et Nguyen avaient pu sauter dans un taxi et
suivre l'ambulance jusqu'à Saint-Roch. Ils attendirent
une demi-heure dans un café proche. Il n'y avait pas
de policiers en vue. Ceux-ci viendraient sans doute
plus tard pour interroger l'Algérien. En tout cas, ils
n'imaginaient certainement pas que celui ou ceux qui
l'avaient agressé pouvaient le poursuivre jusqu'ici.
Cela, Chanh et Nguyen comprenaient que c'était leur
chance. Il leur fallait agir sans plus tarder.

Avec le plus grand sang-froid, ils s'enquirent au
bureau des entrées. Il leur fut d'abord répondu que les
visites étaient interdites. Et puis, renseignement pris,
l'homme dont ils parlaient venait juste de sortir de
la salle d'opération.

— C'est quoi numéro chambre pour téléphoner?
demanda paisiblement Chanh.

— 113.

Après quoi, il leur fut très facile d'entrer et de trouver la chambre 113, située au rez-de-chaussée. Dans le couloir, il y avait une infirmière, qui ne fit pas attention à eux et qui, au bout d'un instant, pénétra dans une chambre voisine. Sans hésiter, les deux Viets poussèrent la porte 113.

Belkacem reposait sans connaissance et toujours sous l'effet de l'anesthésie. Une sonde était fixée à son bras gauche, par où s'écoulait le sérum, une autre s'enfonçait dans sa bouche. Chanh commença par arracher les sondes. Mais ça ne suffirait peut-être pas. Et puis, ça ne lui procurait aucun plaisir. Il sortit son poignard, agrippa le menton du Kabyle et tira en arrière. Cet Algérien avait la peau tendre. Le poignard lui entama la gorge jusqu'à l'os, et Chanh le laissa presque décapité.

Nguyen gardait la porte. Il fit un signe. Dans le couloir des pas se rapprochaient. Vite, les deux Vietnamiens se glissèrent hors de la chambre. Ils se trouvèrent nez à nez avec un interne accompagné d'un chirurgien.

— Hé, vous deux! intervint l'interne.

Chanh et Nguyen pressèrent le pas.

— Arrêtez!

Le chirurgien était entré dans la chambre. Il en ressortit aussitôt et se mit à crier à l'assassin. Les deux Viets tournaient au coin du couloir. Ils prirent le pas de course, tandis que les hurlements retentissaient derrière eux.

Dehors, cela se passa très mal. Ils se heurtèrent à deux hommes qui se précipitèrent à leur suite. Tout en courant, Nguyen se retourna. Il vit que les poursuivants étaient armés et comprit qu'il s'agissait de policiers venus pour Belkacem. En haletant, il glissa quelques mots à Chanh, qui ne répondit pas, et pourtant Nguyen sacrifiait sans doute sa vie pour lui.

Nguyen s'arrêta net à l'entrée de l'hôpital et fit face. Le gros Mauser aboya. Les policiers se jetèrent dans un couloir. Nguyen tira une nouvelle fois, tendu à l'extrême. Déjà Chanh était parvenu dans la rue de l'Hôtel-des-Postes. Un taxi passait. Il s'y engouffra. Le gardien du bureau des entrées, un mutilé qui avait fait Verdun, conservait son sang-froid, bien que Nguyen fût à quelques mètres de lui. Les narines gonflées par l'odeur de la poudre, l'Ancien Combattant ne perdait rien de la scène. Soigneusement, il nota le numéro du taxi, dont le chauffeur ne s'était aperçu de rien.

Nguyen regarda derrière lui. Plus de trace de Chanh. Il se précipita au-dehors mais, déjà, les policiers avaient bondi. Comme un fou, au milieu des voitures, il traversa la rue de l'Hôtel-des-Postes et se jeta dans le square en face, plus attiré par l'ombre calme des platanes que par le tumulte ensoleillé de la rue.

L'un des policiers s'était arrêté au bureau des entrées et téléphonait avec fièvre. L'autre s'occupait courageusement du tueur. Dans le square, les quelques retraités qui se trouvaient là songeaient à leur retraite, le nez dans la poussière, en tremblotant. Nguyen et le policier étaient chacun derrière un platane, jouant à un mortel cache-cache. Le policier tirait de la main gauche, parce que son bras droit avait été transpercé par une balle du Mauser.

Le tir du policier se révéla pourtant aussi précis que celui du Vietnamien, Nguyen s'en aperçut très rapidement. Les projectiles le frôlaient chaque fois qu'il risquait un œil hors de son abri. Il ne pouvait s'éterniser derrière l'arbre. Les renforts n'allaient pas tarder à arriver. Il fallait tenter de fuir avant qu'il ne soit cerné dans le square.

Nguyen s'élança, courbé en deux à ras de terre, minuscule tas de muscles et de nerfs. Le policier venait juste de remplacer son chargeur. Les trois premiers coups de feu ratèrent Nguyen mais le quatrième lui fit piquer du nez dans un parterre de fleurs. La balle avait broyé la rotule, déchiquetant le magnifique pantalon qu'avait donné Louis Orsini.

Le Viet ensanglanté rampa entre deux massifs et se blottit parmi les œillets roses, cernés de fleurs mauves et rouges dont il ignorait le nom. Ses lèvres remuèrent. Il commença à invoquer ses ancêtres, leur demandant de lui faciliter le passage et de l'accueillir avec bienveillance. Deux minutes passèrent. Une grande houle de terreur parcourait la rue de l'Hôtel-des-Postes, où la circulation s'était arrêtée.

Les renforts arrivèrent. Il y eut d'abord quelques sergents de ville, qui se postèrent à l'entrée du square, le pistolet à la main. Ils coupèrent toute retraite à Nguyen. Puis arrivèrent les C. R. S., armés de mitraillettes. Ils firent les sommations auxquelles Nguyen répondit par deux coups de feu.

Les M A T 49 labourèrent la terre et fauchèrent les œillets qui tombèrent en pluie sur le corps de Nguyen. Le médecin légiste, qui s'occupa de lui par la suite, dénombra quatre-vingt-dix impacts sur son cadavre.

CHAPITRE IV

ALVAREZ

(Spectaculairement)

Le soleil baignait les hauteurs de Cimiez. En bas, Nice grouillait déjà dans la moiteur d'août. 10 heures du matin. Les vieux Niçois de Cimiez, les vrais seigneurs de la ville, les aristocrates aux noms de Doges, s'éveillaient dans leur fief, laissant la Promenade des Anglais à son agitation cosmopolite et la baie des Anges à l'enfer de la multitude. Mais, déjà, leur quartier n'était plus préservé. Les dernières villas coloniales, aux boiseries d'un autre âge, disparaissaient dans la jungle d'aujourd'hui : béton, verre et acier.

Verre vert et acier brillant, le Palais Orsini dominait les orgueilleuses constructions de l'avenue George V. Antoine avait cédé d'autant plus facilement au goût architectural du jour que c'était la pluie de son argent qui faisait jaillir un peu partout dans Nice ces champignons du XXI⁰ siècle. Aimé, succédant à son frère, avait goûté ce luxe qui, à ses yeux, en jetait. Le merveilleux duplex au sommet du building d'où Nice s'offrait tout entière, était posé comme une couronne sur un empire. Malheureusement, les yeux d'Aimé étaient clos pour toujours. Et d'ailleurs, il n'avait jamais goûté qu'aux charmes du dixième étage, que lui avait concédé sa Messaline d'épouse.

Douzième étage. Les volets, curieuses plaques d'aluminium que le soleil faisait étinceler, étaient clos. C'était le royaume de Sylvaine, ombragé par les verdures pédantes de la magnifique terrasse aménagée pour les bains de soleil, là où Sylvaine se donnait aux jumelles des Chasseurs Alpins. Les yeux levés, Louis Orsini regardait les luxueuses fenêtres, fermées sur le monde des mauvais milliards qu'il avait toujours refusé de connaître. Il était dissimulé dans l'encoignure d'une porte, de l'autre côté de l'avenue George V. Il pensait à Sylvaine, cette belle-sœur qu'il n'avait jamais vue, même en photo, cette épouse du vieux gangster qu'était son frère, maintenant cette veuve, qu'il imaginait joyeuse, platinée, couverte de bijoux selon le frivole portrait qu'en avait fait le rat Berutti avant de crever.

Personne. Vide à cette heure, l'avenue George V descendait en serpentant vers le Nice de tout le monde, comme une coulée de soleil. En hâte, la tête instinctivement rentrée dans les épaules, Louis traversa la chaussée.

Maës triturait ses lunettes. Le moment, pour lui, était rare et il le savourait, à cela près que le sentiment imprévu qui l'agitait lui brouillait les idées. Voilà : il était fou de rage. Une colère invraisemblable l'avait envahi à la nouvelle du deuxième attentat, réussi cette fois, à l'hôpital Saint-Roch, contre ce tueur d'Algérie, il y avait de cela à peine une heure.

Brusquement, tout recommençait, et juste au moment où lui, terreur du Milieu, arrivait. Ridicule! Le plus exaspérant était que ce nouvel acte de violence ne se situait pas dans la logique de l'événement et qu'il prouvait au moins une chose : la version de Louis Orsini sur la responsabilité unique du nommé Berutti était décidément suspecte.

Le dossier, Maës pouvait le réciter ligne par ligne. Il l'avait enfourné, comme un ordinateur avale les cartes perforées, et il ne lui restait plus qu'à cracher les réponses : les noms des chefs de ces nouveaux gangsters pieds-noirs que la police locale, avec ses vieilles méthodes et ses vieux indics, et sans doute ses vieilles amitiés, avait tant de mal à identifier. Ces bandits, venus de l'Algérie de la violence, avaient décimé le gang Orsini, tout le monde était d'accord là-dessus et la police niçoise en premier lieu, qui considérait d'un œil aussi circonspect que respectueux l'envoyé de Paris, avec ses manières d'intellectuel et ses moyens d'Américain. Bref, le calme était revenu et le combat avait cessé faute de combattants. Il restait à cadrer le gang qui avait pris la place et, si possible, en arrêter les chefs.

Et voilà que le cycle infernal repartait dans l'autre sens! L'attentat du matin contre l'Algérien signifiait-il le début de la vendetta? Inexplicable! Les truands corses que la guerre contre les Orsini avait laissés en vie sur le terrain, comme des cochonnets oubliés sur le carreau, n'étaient plus que des comparses, des épaves, certainement pas des tueurs ni des patrons. Alors?

Le bureau verdâtre que la P. J. locale avait mis à la disposition du commissaire et de ses hommes était étrangement silencieux. Maës l'ordinateur faisait toujours régner autour de lui, dans les moments les plus agités, le plus grand ordre, le plus grand calme. Si Maës, cette fois-ci, bouillait furieusement, il n'en laissait rien paraître. Nice, comme Saïgon du temps qu'il y était commissaire spécial? Eh bien! « on » allait voir!

« On »? Le computer computait à toute vitesse. Louis Orsini? Hypothèse absurde mais qui revenait avec insistance danser devant ses yeux, comme un bourdon contre une vitre. Maës le connaissait par

86

cœur, Orsini, et justement il l'aimait, il l'avait aimé comme un frère. Le raisonnement répondait non et, à cette conclusion de l'intelligence, s'ajoutaient pour une fois les raisons du cœur. Pour une fois, le froid policier avait dans son puzzle l'image d'un ami. Il l'avait vu le matin même à l'aéroport, il l'avait retrouvé, reconnu et...

Maës remit ses lunettes et posa les mains à plat sur la plaque de verre qui recouvrait le bureau. En revivant la scène des retrouvailles, il remarquait enfin, à deux heures de distance, un détail. Un rien. Orsini avait vaguement tourné la tête en direction de l'avion quand ils s'étaient dirigés ensemble vers l'aéroport.

Dans un coin de la pièce, l'inspecteur Pédrinelli attendait le résultat de ces cogitations. Avec sa chevelure aile de corbeau déplumée, son teint rougeaud, sa brioche et son aspect mollasson, il n'offrait en rien l'aspect de ce qu'il était : un redoutable homme d'action, aussi rapide dans l'exécution que Maës l'était dans la réflexion. Aux yeux du commissaire, il avait une qualité encore plus appréciable : il était subjugué par son chef, quasi sentimentalement, ayant depuis longtemps succombé aux charmes insolites d'un patron qui appelait ses subordonnés par leur prénom, tout en les vouvoyant et en conservant vis-à-vis d'eux une distance de seigneur : aucun d'entre eux ne songeait à l'appeler Kléber! Un commissaire comme ça, on n'en avait jamais vu dans la police et les jeunes inspecteurs bien notés jouaient des coudes pour entrer dans le service de Kléber Maës.

— Roger, dit Maës de sa voix douce, voici ce que vous allez faire. Premièrement, téléphoner à l'aéroport. Je veux savoir s'il y avait des Indochinois dans le vol 713. C'est évidemment vraisemblable mais, dans ce cas, il me faut tout de suite les fiches de police. Deuxièmement, faites accélérer le travail des archivistes de cette boîte. Il me faut tout de suite les dossiers de tous les individus d'Afrique du Nord avec qui ce Belkacem était en rapport. Troisièmement, que nos quatre voitures-radio se tiennent prêtes à démarrer à mon signal! Quatrièmement, trouvez-moi la femme blonde. Cinquièmement, je suis de retour dans une heure. Je serai dans un quart d'heure chez la veuve d'Aimé Orsini où vous pouvez me joindre. S'il y a du nouveau dans les minutes qui viennent, téléphonez-moi dans la DS.

Maës regarda sortir le gros inspecteur avec une expression fugitivement chaleureuse. Si les journalistes l'avaient vu, son G. Man... Mais, avec son air balourd, Pédrinelli était le plus fin tireur de ses trente-six champions de la Brigade. Médaille d'or au dernier championnat de tir de Finlande, Pédrinelli! Un virtuose des armes à feu! Le Paganini du MAC 50! Le Rubinstein du 38 Spécial! Le Paderewski du P. M. Uzi!

Le commissaire, pour sa part, préférait son cher Colt Cobra, qui crachait le feu comme un serpent son venin, un serviteur qui ne l'avait pas quitté depuis l'époque sanglante de Saïgon. Oui, un vieux serviteur, qui n'était plus guère là que pour le principe, ou plus précisément pour la parade. Les sports violents, le commissaire les laissait à ses trente-six Bagmen, ses hommes de la Brigade anti-gangs. Lui, préférait les exercices du yoga.

Cependant, en s'asseyant au volant de sa DS, il s'assura que le Cobra était bien lové dans son holster. Il pensait toujours à Louis Orsini. A l'aéroport, il avait lu quelque chose d'infiniment désespérant dans les yeux de l'Ange Noir. Était-ce la mort de Geneviève? Le chagrin du père? Était-ce la mort des assassins? Le commissaire décrocha le téléphone du tableau de bord de la DS, tout en regardant d'un œil mauvais la cohue de l'avenue de la Victoire.

— Pédrinelli? Passez-moi Pédrinelli... Oui, j'attends...
... Roger? Dès que vous en avez terminé avec les ar-
chives, retrouvez-moi immédiatement Louis Orsini!...
Mais attention! Je veux pour l'instant que vous le
cherchiez seul. Vous savez qu'il est descendu au *Negresco*... Non, personne ne doit être au courant de votre
recherche... Jusqu'à preuve du contraire, Louis Orsini
n'est pas suspect... Appelez-moi dans une vingtaine
de minutes chez Aimé Orsini! Une dernière chose,
Roger : faites attention!

Louis était stupéfait. Que cette femme était belle!
Une brune, fruitée comme la bière de cette couleur.
Pas brune, d'ailleurs, noire, une chevelure très noire,
une nuit qui tombait en cascade sur les épaules. Un
air à la fois sauvage et tranquille, comme les calan-
ques de Piana. Un teint de lys et de rose blanche, une
fatale pâleur encadrée du noir des cheveux. Le visage
sévère de ces femmes corses habituées au destin tragique, mais baigné d'une émoustillante langueur. Et
des yeux dorés, scintillants, phosphorescents. La voix
était rauque, comme le feulement d'un tigre de la
jungle cambodgienne :
— Vous avez forcé ma porte. Qui êtes-vous? Vous
ignorez sans doute que je suis en grand deuil?
Bouleversant grand deuil. Une robe d'intérieur de
soie noire qui descendait jusqu'aux chevilles, cerciées
d'anneaux d'acier. Le col était fermé au ras du cou
délicat. Des plis très amples dissimulaient le galbe de
ce corps que l'on devinait proportionné dans une
géométrie merveilleuse. Sylvaine Orsini était très
grande, presque autant que moi, songea Louis.
Mais il y avait un détail troublant dans cet apparat
funèbre. Avec une grâce outragée, Sylvaine s'était
approchée d'un des six grands fauteuils de cuir également noirs qui donnaient au salon, fait de satin et de

métal, aux murs tapissés de mordoré, une atmosphère de luxe sombre. Avec un mouvement violent qui lui avait fait tendre le buste, la jeune femme s'était assise. Et dans un persistant éclair, ses jambes très longues, très belles, très douces, étaient apparues. Louis n'avait pu que reconnaître cette bouffée de chaleur qui, soudainement, le prenait au corps. La veuve d'Aimé, cette admirable belle-sœur qu'il découvrait, était nue sous sa robe de deuil.

Alors, une seconde, il avait eu envie de faire immédiatement l'amour, lui qui était venu pour une besogne de mort. Une seconde, il avait désiré venir à elle, comme ça, sans rien dire... Il n'avait pas bougé. Sans doute l'avait-il réveillée, ce qui expliquait la légèreté de sa tenue ? Mais, ressentant autant de trouble que de gêne, il était curieusement sur ses gardes. Il restait debout, près de la porte en fer forgé, ajourée d'entrelacs bizarres, qui coupait l'immense pièce en deux. Il se taisait toujours.

— Mais enfin, monsieur, voulez-vous me dire qui vous êtes ? Vous avez avancé à la femme de chambre le nom de Pascal Berutti... C'est pourquoi j'ai consenti à vous voir.

Le regard de l'inconnu était devenu froid. La jeune femme lui trouvait un charme évident, dans son costume de toile écrue. Et, c'était étonnant, il y avait quelque chose, dans ce visage recuit et dur, qui la faisait penser à Aimé, ou plutôt à Antoine. Et cette voix...

— Je suis le commissaire divisionnaire Maës, de la Brigade Spéciale de la Police Judiciaire, dit enfin Louis.

Brusquement, il s'était décidé. Il ne dévoilerait pas tout de suite son identité à cette belle-sœur trop saisissante. Maës s'était trouvé sur son chemin. Il serait Maës. Pourquoi pas ? Pourquoi renouer avec ce qui restait de sa famille, même si c'était de beaux restes, de très beaux restes? Cette belle-sœur, justement, il imaginait avec elle une tout autre scène que familiale. Je suis Louis, le frère cadet d'Aimé. Oh! Louis! Quels drames! Antoine, et puis Aimé, et enfin cette pauvre Geneviève que je connaissais à peine... Vous êtes enfin venu, de si loin. Embrassons-nous! Non, ce n'était pas possible. Encore ce désir, décidément obsédant, de la saisir dans le fauteuil de cuir, de la renverser sur le tapis de haute laine... Il avait connu cela en Indochine, il y a bien longtemps, quand il partait en opération de commando. L'envie furieuse de faire l'amour avant de donner la mort ou de la recevoir, avant de faire la mort en somme. Cette précipitation à donner de la vie par saccades, avant l'autre saccade des mitraillettes.

— Je suis le commissaire Maës, répéta-t-il.

Sylvaine ne disait rien. C'était une chance : elle ne lui demandait aucun papier. Il n'était pourtant pas sûr qu'elle le crût. Mais, somme toute, cette entrée en matière l'amusait assez. C'était un peu comme autrefois, quand il se déguisait en viet. Il regardait autour de lui. La pièce était d'un luxe effarant et pourtant, lui semblait-il, il y avait dans cette profusion de cuir et de satin, de verre et de métal, une sorte de goût. Certainement pas celui d'Aimé, qui aurait mis là-dedans du clinquant, du tape-à-l'œil, ni d'Antoine qui n'avait rien d'une femme d'intérieur. Allons! Cette attirante belle-sœur n'était pas n'importe qui : la preuve était qu'elle l'attirait, lui, l'homme froid.

Il y eut un moment de silence, d'imperceptible tension. Le climatiseur répandait dans la pièce une fraîcheur douce, apaisante. Sylvaine regardait avec fixité cet homme au visage absolument impassible, qui ne la quittait pas des yeux. Un tigre royal observant une panthère noire.

— Que voulez-vous encore? fit Sylvaine d'une voix

lasse. J'ai déjà tout dit à vos collègues. Les derniers qui m'ont interrogée étaient les inspecteurs Morracchini et Pédrinelli. Appartiennent-ils à votre service? demanda-t-elle négligemment.

Louis trouva que le hasard était le dieu des comédiens. Ce Pédrinelli était précisément l'inspecteur que Maës lui avait présenté à l'aéroport.

— Oui, répondit-il. Pédrinelli, c'est un petit gros, un brun au front dégarni, au visage rouge. Mais ne vous y fiez pas. C'est un homme redoutable. Grâce à lui, nous avons appris des choses fort intéressantes sur...

Il se tut un court instant et alluma un cigare. Et, soufflant la fumée, il acheva :

— ... sur un certain Pascal Berutti.

Il lui sembla que Sylvaine se raidissait. Mais elle ne fit aucun commentaire. Alors, il alla s'asseoir sur un autre fauteuil, tout près d'elle, qui croisa ses mains sur le col de sa robe.

— Mais moi, dit-il, je ne suis pas un policier comme les autres! J'ai carte blanche pour employer des méthodes spéciales. Cela commencera par un whisky que vous allez me chercher.

Interdite, Sylvaine se leva. Cet étrange policier avait des manières qui la forçaient à l'obéissance. C'était comme s'il l'hypnotisait.

— Attendez, fit-il. Il me faut aussi autre chose. Apportez-moi le pistolet de votre mari. Oui, son arme personnelle.

Ça c'était encore un aveu qu'il avait arraché à Berutti : le P. 38 d'Aimé était toujours caché dans la maison. Puisque Alvarez, il y a deux heures, avait eu la bonne idée de ne pas le recevoir, le pistolet ne serait pas de trop pour la nouvelle tentative. En somme, Alvarez avait choisi sa mort. Au lieu d'être tué à mains nues, il le serait probablement par une balle de 9 mm.

— Mais il n'y a pas d'arme ici! dit Sylvaine d'un

ton presque suppliant. Les policiers me l'ont déjà demandé. D'ailleurs, ils ont perquisitionné au moment de la mort d'Aimé.

— Je sais. Je sais aussi qu'Aimé avait un pistolet. Donnez-le moi! Si vous refusez, je suis obligé de vous embarquer.

— Pour quelle raison? J'ai déjà été interrogée vingt fois, je vous l'ai dit. Il n'y a pas de raison.

— Si, il y en a une.

Louis Orsini écrasa son cigare dans le cendrier.

— Votre beau-frère Louis Orsini, dit-il lentement, est à Nice.

La jeune femme étouffa un cri et leva à moitié les bras, comme pour repousser la fatalité.

— Qui? Louis Orsini? Mon beau-frère Louis! répéta-t-elle. Mais...

— Mais quoi? Vous ne vous attendiez pas à le voir? Sa fille a été tuée. C'est normal qu'il vienne, non?

— C'est-à-dire que je ne l'ai jamais vu. Il y a vingt ans qu'il vit en Indochine.

— Vous ne l'avez jamais vu et il va venir vous voir, c'est évident. Qu'est-ce qu'il va vous dire? Il va dire : je viens me venger. Je viens tuer ceux qui ont tué ma fille et mes frères...

Il scruta le visage de Sylvaine, qui n'était plus le même, qui se froissait, qui frémissait, comme une mer qui blanchit.

— Alors, reprit-il, mon rôle, à moi, commissaire Maës, est de prévoir les réactions de ce tueur en puissance. C'est un Corse. Il va chez sa belle-sœur. Il veut parfaire sa vengeance en la signant avec le pistolet de son frère. Donc, je veux ce pistolet. Bien entendu j'ai placé la maison sous surveillance. Mais je dois tout prévoir : donnez-moi cette arme! Et donnez-moi un verre de whisky!

Sylvaine, lentement, comme en hésitant, se dirigea

vers un interphone encastré dans le mur et dissimulé sous le satin.

— Louisa, dit-elle en appuyant sur une manette, apportez du whisky!

Une petite voix chantante, à l'accent de niçoise, sortit du mur.

— Bien, Madame, tout de suite.

Sylvaine se retourna d'un bloc. Le ton de son visiteur avait brusquement changé. La voix était violente, impérative :

— Et le pistolet?

La jeune femme se passa les mains sur ses longs cheveux noirs, avec une expression un peu hagarde et puis elle dit brusquement :

— Vous êtes assis dessus.

— Comment ça? fit Louis en regardant le fauteuil.

— Il est dans l'accoudoir.

— Ah? Mais alors vous avez un véritable arsenal ici, s'il y a une arme dans chaque accoudoir des six fauteuils.

— Non. C'est le seul fauteuil truqué. Laissez-moi faire.

Les yeux baissés, aux longs cils palpitants, elle vint près du fauteuil et se pencha. Elle était toute proche de Louis. Il respirait un suffocant parfum de jasmin qui lui rappela les jardins cambodgiens. Encore ce désir fou d'avancer les bras, de plonger avidement les mains sous cette soie noire, de baratter sans fin ce corps laiteux...

Une main de Sylvaine le frôla en appuyant un point de l'accoudoir. Son autre main pressait une deuxième commande dissimulée dans le dos du fauteuil. L'accoudoir pivota, dévoilant une cavité dans laquelle il y avait une petite boîte noire.

— Prenez, dit-elle en redressant le buste. Ça va se refermer tout seul.

Louis prit la boîte et l'entrouvrit.

— Parfait, fit-il. Je vois même qu'il y a des munitions. Ce pistolet est prêt à servir.

Il referma la boîte : la porte du salon s'ouvrait. Une femme de chambre à la jupe aussi courte que son petit tablier blanc entra, portant un plateau. Elle était délicieuse, avec ses cheveux noirs coupés court et ses lèvres trop rouges.

— Merci, Louisa, dit Sylvaine. Laissez-nous.

La soubrette jeta un bref regard sur Louis et tourna un dos cascadeur. Sylvaine servit le whisky et dit :

— Maintenant, vous avez le pistolet. Que voulez-vous de plus.

— Rien, boire mon whisky.

Louis but d'un trait et contempla le verre où les glaçons, déjà, reposaient au fond.

— Ah si! J'ai une chose à vous dire. Une mauvaise nouvelle, madame. Pascal Berutti a été tué.

— Quoi? cria soudainement Sylvaine Orsini en s'affalant sur le divan de cuir noir, au-dessus duquel était suspendu l'alléchant portrait qu'Antoine lui avait offert pour le premier anniversaire de leur concubinage. Mais ce n'est pas possible! ajouta-t-elle, la voix descendue d'une octave. Il n'était pas à Nice...

Elle avait à présent un ton de tragédienne, et la réplique mourut sur ses lèvres.

— C'est exact, il n'était pas à Nice, répéta Louis. Vous êtes donc au courant. Nous avons été informés de sa mort à la frontière cambodgienne. Vous comprenez maintenant pourquoi nous tenons tellement à mettre la main sur Louis Orsini.

Louis parlait lentement, ne quittant pas des yeux sa belle-sœur, si lisse et si pure, qui se défaisait comme une fleur après l'orage. Il ne savait pas encore très bien ce qui l'avait poussé à lui annoncer brutalement la mort de cet obscène bandit de Berutti.

— Vous étiez donc au courant de la présence de l'ancien lieutenant de votre mari en Indochine? répéta-t-il.

Il tourna la tête. La femme de chambre était entrée, lissant son tablier d'une manière impudique.

— Madame, dit-elle d'une voix chantante, il y en a bas un monsieur qui veut vous voir. Il dit qu'il est de la police.

Louis se leva d'un bond en saisissant la boîte, posée près du verre de whisky.

— Ne dites pas que je suis là, murmura-t-il précipitamment. Je dois surveiller l'enquête de mes collègues niçois. Je vais passer dans la pièce à côté.

Il disparut. Sylvaine fronçait les sourcils, encore bouleversée par l'annonce de l'arrivée de Louis Orsini et de la mort de Pascal Berutti, mais maintenant déconcertée par l'attitude de ce commissaire Maës qui la troublait à plus d'un titre. La femme de chambre attendait.

— Eh bien! Louisa, allez chercher ce policier, jeta Sylvaine. Encore un policier! Toujours les policiers!

— Celui-là, fit la petite Louisa avec son accent niçois, il a dit qu'il s'appelait le commissaire Maesse.

Sylvaine s'immobilisa, statufiée.

— Louisa, attendez! articula-t-elle lentement. Quel nom avez-vous dit? Maës?

Pédrinelli pestait, en s'épongeant un front écarlate. La circulation était impossible sur la Promenade des Anglais. Il avait hésité à prendre une des voitures-radio. Évidemment, il aurait aussi vite fait d'aller à pied, de la place de la Préfecture à l'hôtel Negresco. Mais il avait préféré avoir sous la main son petit standard téléphonique, sans compter les six mitraillettes UZI du groupe d'intervention.

— Six crécelles pour moi tout seul, songea le virtuose avec satisfaction, j'ai de quoi!

Il cueillerait en tout cas l'oiseau au nid. Avec délicatesse car le patron semblait l'avoir à la bonne. La réception du *Negresco* avait répondu, au téléphone, que Louis Orsini était dans son appartement. Il avait même précisé qu'on ne l'y dérange sous aucun prétexte.

Un voyant rouge s'alluma au tableau de bord. Pédrinelli décrocha le téléphone. Quelques secondes plus tard, il freinait violemment. Ce qu'il venait d'entendre était si important qu'il avait failli emboutir une voiture arrêtée devant lui à un feu.

— Bon! fit-il enfin. Ça s'éclaircit. Tenez-vous prêts à démarrer immédiatement. J'appelle le patron dans un instant, du *Negresco*.

En s'arrêtant devant l'hôtel, il récapitulait ce qu'il avait appris. Il y avait eu la catastrophe : Belkacem achevé à l'hôpital juste au moment où les collègues niçois arrivaient. Mais les indices commençaient à s'accumuler et le patron avait raisonné juste. D'abord, il y avait deux viets plutôt suspects dans l'avion d'Orsini. Ensuite, un viet avait été abattu en face de l'hôpital. L'autre, on était sur sa trace. Enfin, on avait établi le lien entre le Kabyle et un patron de boîte nommé Alvarez. Conclusion : mettre la main sur Louis Orsini et filer chez Alvarez.

Pedrinelli entra au *Negresco* et se fit indiquer l'appartement d'Orsini. La main dans la poche serrant son MAC 50, il frappa à la porte.

Louisa poussa un petit cri. L'homme se tenait devant elle, en haut de l'escalier qui conduisait à l'étage inférieur du duplex. Il parlait bas et ses yeux brillaient. Elle le trouva beau.

— Louisa, dit-il, comment peut-on sortir d'ici sans passer par le vestibule d'en bas?

Elle le regarda avec des yeux qui chaloupaient.

— C'est très simple. Par l'ascenseur de service qui

se trouve au bout de ce couloir, là-bas, vous voyez...
L'homme la prit par la main.

— Viens avec moi, murmura-t-il.

— Mais, protesta-t-elle faiblement, je dois aller chercher le policier qui est en bas...

— Il attendra. Il a l'habitude.

La porte de l'ascenseur se referma sur eux. Entre le douzième étage et le rez-de-chaussée, ce fut la solitude à deux. Tout de suite, sauvagement, Louis avait pris Louisa dans ses bras. Il l'embrassait avec une sorte de désespoir, qui lui faisait du bien. Mais ce baiser fou ne dura que trente secondes : l'ascenseur était rapide.

— Merci Louisa! fit Orsini. Je m'appelle Louis...

Sur le dallage de marbre de la vaste entrée de l'immeuble, ses mocassins à semelles de crêpe crissaient. Louis entendit la porte de l'ascenseur se refermer. Il ne se retourna pas. Il serrait, dans sa poche, la petite boîte de cuir noir et sortit par la porte de service, qui s'ouvrait sur le côté de l'immeuble, dans le jardin.

Assise sur le rebord de son lit, Sylvaine parlait précipitamment au téléphone. L'appareil était posé sur ses jambes que la robe d'intérieur, aux pans ouverts, laissait voir, longues, délicates, étrangement blanches dans la pénombre.

— Mais je te répète que je suis en danger, Diego! Je n'ose même pas aller voir s'il est encore là... Je suis seule ici avec Louisa... Mais, voyons, Diego, si c'est un faux policier, pourquoi m'a-t-il annoncé la mort de Pascal Berutti? Pourquoi m'a-t-il appris l'arrivée de Louis Orsini? Attends, je te rappelle, Diego...

Louisa entrait dans la chambre, le visage épanoui. Elle annonça que le commissaire Maës attendait dans le salon.

*
* *

98

— Palsambleu! jura élégamment Pédrinelli.

Depuis quelques minutes, il était enfermé dans une cabine téléphonique du *Negresco*. Derrière la vitre, il avait l'air d'un poisson-lune tellement il était en nage. Sa veste de shantung se plaquait dans son dos, et, sans cesse, il la décollait, en la pinçant entre le pouce et l'index. Tout ce temps, le temps d'une bonne suée dans ce sauna téléphonique, il avait tenté d'appeler l'appartement d'Aimé Orsini, tout en joignant la P. J. locale et les collègues de la Brigade entre deux appels. Il lui fallait absolument parler au commissaire Maës. C'était ça, l'embêtant, avec un patron aussi génial et aussi gentil. Il prévoyait l'événement et donnait des instructions en conséquence. Mais quand l'événement avait quelques minutes d'avance, quand le berger Maës était aux fraises, ses brebis de la Brigade bêlaient dans le désert sans oser trop bouger. Cela dit, c'était rare. Avec les moyens techniques de la Brigade, ˙ ɔ père Maës tenait toujours tous ses fils — et tous ses fils — en main. Mais on ne pouvait rien contre un téléphone occupé.

Morbleu! La veuve d'Aimé Orsini n'était pas aussi bavarde quand il l'avait interrogée avec Morracchini, sur les ordres de Maës, dès l'arrivée de la Brigade à Nice. Ses charmes n'étaient pas ceux de la conversation. Ah! Ces femmes du pays, dont les voiles noirs cachent les bonnes chaleurs comme une marmite de terre cuite où bout la soupe au pistou! A l'image sévère autant que séduisante de Sylvaine Orsini abandonnée à ses investigations de limier, Pédrinelli se léchait encore les babines. Maîtresse femme! Chargée de poudre comme une cartouche de MAC 50!

Ventrebleu! Ça sonnait! Qu'allait répondre le commissaire à ces nouvelles? D'abord Louis Orsini n'était pas dans sa chambre. Il avait trompé la réception du *Negresco* en disant qu'il ne la quittait pas. Ensuite les policiers niçois avaient cadré le deuxième tueur jaune dans un bistrot vietnamien, le *Grillon d'Or*... Enfin, on décrochait.

La voix rauque qui répondait et qu'il reconnut lui donna un petit frisson convenable. Il se fit lui-même reconnaître, facilement et galamment :

— Bien, chère madame... Passez-moi le commissaire Maës... Comment : lequel?

Pédrinelli était abasourdi. Mais, tout de suite, il comprit. Louis Orsini était venu voir sa belle-sœur et, pour une raison quelconque, s'était fait passer pour le commissaire Maës!

— Écoutez-moi, Madame Orsini, dit rapidement Pedrinelli. Le commissaire Maës, mon chef, est un homme grand et mince. Il porte des lunettes aux verres légèrement fumés. Il a les cheveux qui grisonnent. Il est habillé d'un costume bleu sombre. S'il est chez vous, passez-le moi immédiatement!

Dans l'arrière-cuisine du *Grillon d'Or*, où le Nyoc-man répandait ses délicieuses odeurs, Chanh contemplait un panier de langoustines avec un visage dénué d'expression. Les roses bestioles agitaient mollement leurs antennes, inquiètes d'on ne savait quoi, sans doute de la poêle à frire. Pour Chanh, c'était pareil : dans son immobilité, il était toutes antennes dehors. Un bruit autre que les couinements de ses compatriotes à la cuisine, et Chanh n'aurait plus été qu'un bloc de nerfs et de muscles, le poignard à la main.

Le problème, pour Chanh, était double. Il lui fallait d'abord prévenir son maître Orsini de ne pas entrer au *Grillon d'Or*, ni même de s'en approcher : les policiers surveillaient l'endroit et toutes les issues étaient bloquées. De ce côté-là, c'est-à-dire de tous les côtés, la parade vietnamienne était en place. Des femmes se promenaient à l'extérieur du filet policier, s'affairant avec leurs propres filets aux emplettes du marché, dans toutes ces rues de la vieille ville. Dès que Louis Orsini apparaîtrait, il serait mis au courant de la situation. Ensuite, pour Chanh lui-même, le problème était exactement inverse : il lui fallait sortir du *Grillon d'Or* dans les minutes qui venaient, sinon il connaîtrait le sort de Nguyen, que tout le Vietnam niçois pleurait déjà.

Chanh, tendu à l'extrême, sentait que l'assaut était imminent. Il regardait les langoustines. Une idée lui vint.

Maës répondait par monosyllabes au long rapport que Pédrinelli lui faisait par téléphone. Au bout de la pièce, Sylvaine Orsini était installée sur le divan de cuir noir qui se mariait assez heureusement, aux yeux avertis du commissaire, avec le satin mordoré des murs. Avec une sécheresse calculée, le commissaire lui avait enjoint de ne pas quitter la pièce tandis qu'il téléphonait.

Elle s'était assise, d'abord très droite et immobile, et puis, peu à peu, avec une grâce étonnante, elle s'était déployée, comme une fleur noire qui s'épanouirait dans le soleil. C'est alors que le commissaire remarqua le tableau suspendu au-dessus du divan. Une peinture dans le goût espagnol, qui évoquait très exactement la *Maja desnuda*, songea-t-il. Même fond sombre, même position languide de femme étendue, les mains derrière la nuque, même nudité lumineuse. Mais ce n'était point la ressemblance de cette toile de bonne facture avec le chef-d'œuvre de Goya qui frappait le plus le commissaire. C'était le modèle, la Maja qui s'alanguissait sur le divan, dans le même abandon qu'elle offrait sur la toile, à cette différence près que la Sylvaine Orsini du tableau était nue et que celle du divan était habillée. Oh! pas plus que la *Maja vestida* de Goya!

Cependant, Maës ne se perdit point en considérations picturales. Tout en contemplant les deux Sylvaine Orsini avec l'œil critique du connaisseur, qui lui avait vite fait comprendre que ce superbe glaçon était en réalité un magnifique charbon ardent, il écoutait Pédrinelli. Les minutes couraient comme Louis Orsini, et ce n'était pas le temps, hélas, que son ami corse avait à tuer.

— Bien! conclut Maës. Roger, voici ce que vous allez faire. Premièrement, vous déclenchez un avis de recherche général... C'est cela, vous avez son signalement. Deuxièmement, vous envoyez toutes les voitures là où... C'est cela. Mais vous, vous vous réservez le *Grillon d'Or*... Plutôt vif que mort mais vous avez carte blanche... Troisièmement, vous faites envoyer immédiatement deux inspecteurs de Nice ici, chez Aimé Orsini. Je les attends. Dès qu'ils sont arrivés, je rejoins les voitures de la Brigade qui auront cerné l'endroit que vous savez... Il est 10 h 45. Les inspecteurs arriveront dans dix minutes. Je pense donc pouvoir être là-bas dans une vingtaine de minutes... Une dernière chose, Roger : je vous passerai un fameux savon si vous vous faites tuer...

Le commissaire raccrocha posément. Sylvaine n'avait pas bougé, la tête posée sur un coussin, ses longues mains croisées derrière la nuque, Maja décidément peu vestida, car la légère robe d'intérieur s'entrouvrait, comme une bouche prometteuse. Kléber Maës, en bon Flamand, avait un faible pour l'Espagne, et comme il était amateur d'art, l'œuvre de Goya n'avait pas de secrets pour lui. En s'approchant de Sylvaine, il trouva enfin le Goya qui convenait à cette étrange créature : c'était le « Sueno de la mentira e inconstancia », le « Songe du mensonge et de l'inconstance » où le peintre montre les deux visages de son inspiratrice, la duchesse d'Albe.

Mais tout cela n'était qu'impression d'amateur, et le commissaire refusait de s'y laisser prendre, préférant de beaucoup le raisonnement du professionnel. Il prit sur la petite table basse le verre de whisky où surnageaient des restants de glaçons, qu'il fit tournoyer, et se tint là, debout au pied du divan où Sylvaine était si sensuellement couchée.

— Ainsi, vous avez eu de la visite, dit-il d'une voix calme. Le commissaire Maës est venu vous interroger. Bien! Me voilà revenu, car le commissaire Maës, c'est donc moi. Pas l'autre. L'homme que vous avez vu, c'est votre beau-frère, Louis Orsini.

Il attendit une réaction de la Maja, dont les yeux sombres étincelèrent.

— Je sais, murmura-t-elle, j'avais compris.

— Vous avez compris quand? Pendant qu'il était là, ou après? C'est-à-dire, après mon arrivée, à moi?

Sylvaine haussa les épaules, qui creusèrent le léger coussin cerise sur lequel elles reposaient.

— Commissaire Maës, si je vous dis : après, vous ne me croirez pas, alors?

— Alors c'est très simple, je suis obligé de vous considérer comme la complice de Louis Orsini.

— Qu'a-t-il fait?

— Il a fait ce qu'il vous a dit.

— Il ne m'a rien dit.

Maës songeait à Louis jouant son rôle à lui, commissaire Maës. Qu'aurait dit Louis?

— Si. Il vous a annoncé l'arrivée de Louis Orsini, c'est-à-dire de lui-même. Il vous a également annoncé la mort de Pascal Berutti. N'est-ce pas?

Comme Sylvaine ne répondait rien, le commissaire poussa plus avant.

— C'est lui qui a tué Pascal Berutti en Indochine, pour se venger. Saviez-vous que l'ancien lieutenant de votre mari était en Indochine? Et pourquoi il y était venu? Pour tuer Louis Orsini? Pascal Berutti trahissait votre mari, le saviez-vous?

Le commissaire Maës fit quelques pas en arrière et changea brusquement de ton. D'âpre, sa voix était redevenue douce.

— Dites-moi, madame Orsini, vous arrive-t-il de porter une perruque?

Sylvaine se redressa. Machinalement, elle se passa une nouvelle fois la main dans ses longs cheveux noirs.

— Commissaire, je... Une femme...

— Chère madame, fit aimablement Maës, nous allons vous éviter de trahir vous-même vos petits secrets de beauté. Veuillez appeler votre femme de chambre.

Lentement, Sylvaine se dirigea vers l'interphone. Elle marchait d'un pas de somnanbule. Elle ressemble à Belphégor, se dit Maës.

— Commissaire, dit brusquement Sylvaine en se retournant, j'ai un aveu à vous faire. J'ai donné à Louis Orsini le pistolet de son frère Aimé. Je ne sais pas ce qui m'a poussé à le faire, mais je croyais vous le donner à vous, commissaire Maës. Maintenant j'ai peur. Il veut tuer avec cette arme...

— Je crois que oui, dit-il. Louis Orsini veut tuer...

Il s'interrompit. On frappait à la porte. Louisa entra, annonçant d'un air très détaché, car elle commençait à y être habituée, que deux policiers étaient là.

— Allez les chercher, ordonna Maës. Une seconde! Vous m'apporterez également la perruque de Madame Orsini... Oui : la perruque blonde de Madame Orsini...

Sylvaine était debout contre le mur, appuyant ses blanches mains à plat sur le satin mordoré. Maës la fixa et dit :

— Je disais donc que Louis Orsini veut tuer. Il veut tuer un certain Alvarez...

*
* *

Chanh souriait. Dans la sombre arrière-cuisine du *Grillon d'Or,* où le soleil, proche à cette heure de son zénith, pénétrait faiblement par une lucarne donnant sur une cour étroite, se déroulait une scène tout à fait à son goût. La jeune servante vietnamienne lui avait obéi sans mot dire. Elle se déshabillait avec une grâce enfantine. Elle fut nue très vite car elle ne portait pas grand-chose : une jupe européenne à laquelle le tissu de satinette noire donnait l'allure d'un vêtement viet-namien, un léger corsage blanc, un petit chapeau conique qui faisait aussi bien niçois que saïgonnais, un slip minuscule.

Chanh, lui aussi, était nu. Le beau costume de ville, que Louis Orsini lui avait acheté à Pnom-Penh avant de partir, était à terre. Souriant toujours, le viet prit une langoustine dans le panier et caressa avec les pinces les jeunes seins de la fille, qui se mit à pousser des petits cris. C'est qu'il était d'excellente humeur, Chanh! Il venait d'apprendre que Louis Orsini avait pu être prévenu du danger policier, à trois cents mètres du *Grillon d'Or.* Et surtout, dans un instant, il allait jouer sa vie, lui, Chanh. Il vengerait Nguyen, il saurait échapper à ces policiers blancs, ou alors il en tuerait au moins un.

La fille attendait dans un coin, gloussant et se dandi-nant. Sans cesser de sourire, Chanh remit la langoustine dans le panier. et ramassa les vêtements de la servante, qu'il revêtit. Le corsage était bien un peu étroit mais la jupe lui allait parfaitement, dissimulant en tout cas ce qu'il n'avait pas de féminin et que, présentement au moins, le petit slip n'aurait pu contenir : Chanh avait donc dédaigné cette partie de son déguisement, d'ailleurs superflue.

Il ramassa son couteau et le glissa dans le corsage. Tout en mettant sur sa tête le chapeau conique, il indiqua ses propres vêtements à la fille, qui semblait s'amuser beaucoup de le voir ainsi accoutré.

Chanh était prêt. Il prit le panier de langoustines et le mit sur son épaule. Il écouta : le restaurant était silencieux. Peut-être, ainsi déguisé, avec ses langoustines qui complétaient le tableau, parviendrait-il à sortir sans attirer l'attention?

Cependant, son attention, à lui, fut attirée par autre chose : l'envers du gracieux spectacle qu'il avait déjà contemplé de face et qui ne l'avait point laissé insensible. La servante au grand cœur, qui s'était si gentiment prêtée au jeu, lui montrait maintenant que ce n'était pas seulement son cœur qui était généreux. Baissée, elle ramassait les vêtements de Chanh.

Le tueur n'y tint plus. Il posa sans bruit le panier de langoustines et s'approcha, en relevant sa jupe.

— Ben, mon cochon, on ne s'ennuie pas!

Pédrinelli riait franchement. Il se grattait le front avec le canon de son MAC 50. Chanh s'était immobilisé, le dos tourné. Il ne souriait plus. La jupe était retombée.

— Trop tard, mon garçon! plaisanta Pédrinelli. J'ai bien vu que tu n'étais pas une fille, et comment!

La servante, toujours délicieuse bien qu'elle tremblât maintenant comme une feuille, était tombée à croupetons par terre et restait stupidement dans cette position, bien faite pour inspirer le moins cavaleur des pur-sang du commissaire Maës. Pédrinelli goûtait fort la situation. Jamais la Brigade de Recherches et d'Interventions n'était intervenue dans un moment aussi recherché et l'inspecteur Roger Pédrinelli ne se faisait pas faute de le commenter :

— Mes enfants chéris, je suis vraiment désolé d'interrompre le travail, mais je...

Il parlait trop, Pédrinelli. Il faillit même en avaler sa langue, tant le Viet lui avait répliqué à sa façon, foudroyante. La lame du poignard siffla, tandis que

106

tonnait le gros MAC 50, par trois fois. Le résultat de cet échange n'était pas beau à voir.

Pédrinelli saignait comme un bœuf. Il avait le poignard planté dans le gras de l'épaule, et son sang coulait dans le panier de langoustines. Chanh, pour sa part, souriait définitivement aux anges. Il y avait trois gros trous dans le joli corsage blanc, qui ne fut bientôt plus qu'un chiffon rouge. La jeune servante, épouvantée, n'avait pas bougé. Elle était toujours à quatre pattes quand la pièce fut envahie de policiers.

— J'en connais, dit en grimaçant Pédrinelli, qui sont restées 107 ans comme ça.

Et, avant de s'évanouir, l'inspecteur murmura :

— Dites au commissaire Maës que j'ai au moins droit à une savonnette...

Perdu dans la foule de l'avenue de la Victoire, Louis Orsini marchait avec une souple nonchalance. La veste ouverte, les pouces passés dans la ceinture de son pantalon, l'allure décontractée, il ressemblait aux promeneurs de midi qui l'entouraient et qui se bousculaient lentement. Rançon de cette heure étincelante : chacun baignait dans une touffeur béate et ne pensait qu'à rendre un culte au soleil en sacrifiant aux rites de la boisson glacée. Les terrasses des cafés étaient pleines d'un monde abruti et transpirant, qui pépiait sans conviction.

Les filles regardaient Louis Orsini. Et celles que la chaleur du jour inclinait vers de moites rêveries lui devinaient un air sauvage et froid, bien fait pour donner de sublimes frissons. Louis n'avait cure d'être la proie de regards aussi brûlants que le soleil. Il avait le sentiment d'être dans la jungle, comme lorsqu'il chassait le tigre ou qu'il poursuivait Berutti.

Monde ennemi. Louis avait d'imperceptibles mouvements qui démentaient sa nonchalance et trahissaient son extrême tension, l'œil qui virevoltait avec rapidité, le bras qui se crispait légèrement : cette main négligente, au pouce glissé dans la ceinture, reposait sur du bon acier. Le pistolet d'Aimé était bien au chaud contre le ventre de Louis, à même la peau, comme quelque chose de vivant, d'intime, d'aimé, justement.

Louis était prêt à tuer, à tuer Alvarez, à tuer quiconque l'empêcherait de tuer Alvarez. Dans cette foule plaisante et bon enfant, cette pimpante multitude d'un midi d'août qui paressait à deux pas des plages de vacances, il était rigoureusement seul avec une image encore vivante : Alvarez, et avec une image morte dont il ne restait plus que quelques photographies dans son portefeuille : Geneviève.

Oui, il était responsable de la mort de Geneviève. Cette adolescente rieuse qu'il voyait, lui, son père, une fois tous les deux ans, il l'avait abandonnée à la fatalité. Fou qu'il était de la croire en sécurité à Paris, à l'abri du mur d'argent qu'il avait construit autour d'elle! Elle n'avait manqué de rien, sauf de sa présence. Il avait tout payé. Restait à payer de sa vie. Il était prêt.

Tout était merveilleusement simple. Louis dégustait son destin. Sa journée était lisse, froide, rigide, comme une lame de couteau, et déterminée de toute éternité, comme une vengeance biblique. Les imprévus qui surgissaient ne troublaient en rien la limpidité de son projet. Maës? C'était une amitié du sort qui projetait le commissaire sur son chemin. La présence de son ancien compagnon d'armes augmentait admirablement les risques de l'affaire. Qu'il pût tuer un ami en voulant abattre un ennemi ne donnait que plus de valeur à sa vengeance. Somme toute, ce danger suprême de donner la mort à quelqu'un de son camp, de son rang, de son sang, c'était celui de toute guerre. Louis, guerrier, savait trop bien que, dans la confusion et l'absurdité des batailles, l'on tuait ses amis presque aussi facilement que ses ennemis. Depuis des millénaires, c'était la règle du jeu.

Il y avait aussi la veuve d'Aimé, cette belle-sœur qui lui tombait d'un ciel d'orage. Louis ne discernait pas très bien le rôle qu'elle avait joué dans les tragiques événements de la fin des Orsini. Une victime? Une innocente? Une complice? Plus qu'une complice, peut-être? Au fond, peu importait. Une seule chose comptait : trancher à tout jamais la main qui avait abattu Geneviève. Cette main, c'était celle d'Alvarez.

D'ailleurs, il obtiendrait peut-être des éclaircissements sur les secrets des Orsini dans quelques instants. Il avait rendez-vous dans un bar de l'avenue de la Victoire, chez *Canossa*, avec Demarquette, le notaire de ses frères.

Quand il avait quitté le dangereux quartier du *Grillon d'Or*, où ses Viets s'expliquaient avec la police après leur opération contre le tueur Belkacem, Louis avait téléphoné au *Negresco* pour demander si Nguyen ou Chanh ne lui avaient pas laissé un message. Rien de ses compagnons. En revanche, la réception avait noté à son intention deux communications. La première, selon l'employé du *Negresco*, émanait d'un M. Kléber, qui lui faisait dire de toute urgence que le rendez-vous avec Alvarez était annulé. A cette invitation pressante de son ami Maës, lui indiquant à sa façon qu'il avait percé ses projets, Louis avait souri. Certes, cela pouvait indiquer qu'Alvarez, à cette heure, était arrêté. Chose étrange, Louis était certain du contraire : il avait la certitude qu'il accomplirait son destin. En tout cas, cela signifiait que la police tenait la boîte d'Alvarez sous surveillance : le sport n'en serait que plus difficile.

La deuxième communication était de maître Demarquette, qui l'invitait à passer à son étude le plus vite possible. En tout cas, le notaire lui signalait que, tous les jours à midi, comme tous les vieux Niçois, il prenait son apéritif chez *Canossa*, où il avait table ouverte.

— Va pour la table ouverte, s'était dit Louis, qui tenait malgré tout à rencontrer le notaire de ses frères, avant l'opération contre Alvarez, au club *Paradis*. Après... Après, il serait peut-être trop tard... De toutes les façons le rendez-vous de *Canossa* est sur le chemin du *Paradis*.

Il ne croyait pas si bien dire. Dans un instant, l'Ange Noir allait voir un autre ange.

La porte du bar était en vieux bois verni, avec des croisillons qui encadraient des verres épais de couleur vert sombre. Louis la poussa sans hésiter.

Tout de suite, il fut frappé par l'atmosphère de bon vieux luxe de l'endroit. Ici, l'on était loin du monde artificiel et bariolé du plastique, loin du bruit des machines à sous et de toute la clinquante vulgarité des boîtes modernes. Ici régnait le chêne, des tables ou des poutres, patiné par des générations de buveurs distingués, des temps où l'on prenait du Bollinger millésimé à son petit déjeuner. Il y avait peu de monde, et les conversations étaient feutrées.

— Je cherche la table de maître Demarquette, demanda Louis au barman, qui était en train d'agiter consciencieusement un shaker.

— Maître Demarquette n'est pas là, mais il y a sa fille. C'est la table au fond, cachée par le pilier.

Un peu contrarié, Louis contourna le pilier et, en une éblouissante seconde, sa contrariété disparut. C'était comme si le soleil, mais pas celui de tout le monde, avait pénétré chez *Canossa*, illuminant les boiseries, pétillant de toute sa joie de jeunesse du jour. Oui, elle était le soleil.

Elle était blonde. Tout, en elle, était blond, les cheveux d'abord, transparents, les yeux, qui avaient une teinte de sable roux, le visage, délicatement bron-

110

zé, le sourire, qui lui fit penser aux gorgées de sucre de canne qu'il avalait quand il était petit garçon.

Elle lui sourit quand il s'inclina. Elle portait une chemisette jaune d'or, où pointaient deux délicieux citrons. Elle avait, pensa-t-il, dix-huit ans, à peu près l'âge de Geneviève.

— Je suis Stéfanie Demarquette, dit-elle. Je pense que vous êtes Louis Orsini?

— Je suis Louis Orsini, dit-il en s'asseyant devant elle.

Elle lui expliqua que son père était désolé. Un fâcheux contretemps le retenait à l'étude. Mais comme Maître Demarquette supposait qu'il pouvait se rendre au rendez-vous fixé chez *Canossa*, il avait demandé à sa fille de le remplacer. Ce qu'elle avait fait avec plaisir, car elle avait beaucoup entendu parler de lui.

— Mon père disait que vous n'étiez pas comme...

— Comme mes frères, acheva-t-il.

Elle rougit, et il eut envie de la prendre dans ses bras.

— Enfin, je veux dire que mon père racontait que vous étiez un héros. Il vous plaignait. L'affreux deuil qui vous a frappé, il disait que c'était une injustice. Il veut vous voir le plus vite possible pour la succession. Voilà.

Elle prononçait naturellement des choses graves, d'une voix très douce, sans hésiter. Elle ajouta que, de toute façon, *Canossa* se trouvait sur son chemin. Elle partait pour Cagnes, où son père avait une villa, qui donnait sur la plage. Elle y était seule en ce moment. C'était un bonheur.

Louis la regardait, l'écoutait, la buvait. Pour un peu, lui semblait-il, elle lui aurait dit : « Venez avec moi, on va se baigner... »

— Stéfanie, lui dit-il brusquement, je dois m'en aller.

Il se leva, tout en vérifiant que sa veste de toile était bien fermée sur le P 38 glissé dans sa ceinture.

— Monsieur, commença-t-elle...

— Appelez-moi Louis, dit-il gravement. J'ai envie que vous m'appeliez Louis.

Elle hésita et se leva à son tour. Avec sa chemisette jaune, elle portait un simple blue-jeans.

— Louis... Louis, si vous le désirez, je peux vous avancer. La voiture est garée juste en face. C'est une MG blanche décapotable. On va vite.

Ce fut à son tour d'hésiter. S'il disait non, il la perdrait à jamais. S'il disait oui, il risquait de la perdre avec lui. Mais il connaissait déjà l'ordre du destin. Le bolide blanc le conduirait jusqu'à l'Alvarez, elle à ses côtés. Il avait besoin de ce soleil, avant de plonger dans la nuit.

Pour la deuxième fois de la journée, le commissaire Maës était en colère. Sa DS était plongée dans la cohue de midi. Il n'avançait pas. Le pire était que les voitures-radio de la Brigade semblaient pareillement engluées.

— Bon! se résigna-t-il au téléphone. Joignez par radio la police de Nice. Qu'ils envoient le plus vite possible des gens au club *Paradis*. Personne ne doit entrer, ni sortir.

Il reposa le téléphone sur le tableau de bord et le reprit après quelques instants. Ses hommes le rappelaient. N'étaient-ils donc, sans lui, ces rudes policiers, que des enfants perdus? Sa Brigade, sa fameuse Brigade, orgueil du ministre de l'Intérieur, sommet de la Tour Pointue, n'était-elle, s'il ne la dirigeait pas à la voix comme un piqueux fait de sa meute, qu'un troupeau hésitant? C'était bien là son défaut en même temps que sa qualité incomparable, c'était le revers de cette brillante étoile d'invincible shérif : l'organisation du commissaire Maës était le reflet du commissaire

Maës, l'émanation du commissaire Maës, le merveilleux petit Meccano personnel du commissaire Maës. Les réussites exceptionnelles de la Brigade, sa rapidité dans l'intervention, son flair dans la recherche, s'expliquaient par le génie du patron. Maës, au surplus, ne s'encombrait que fort peu de considérations administratives. Il se tenait à l'écart de l'éternelle petite guerre des polices et n'avait à lutter que sur un front : contre les gangs. Sa Brigade était une police dans la Police. Elle fonctionnait toute seule, comme un robot. Mais c'était Maës, uniquement Maës, qui fournissait toute l'énergie.

— J'écoute, fit-il sèchement.

Alors, il se passa une chose extraordinaire, qui ferait date dans l'histoire de la Brigade. Le commissaire Maës dit : « merde »!

— Tout a mal commencé, se dit-il en raccrochant le combiné téléphonique, tout se terminera mal.

Il venait d'apprendre que Pédrinelli était blessé. Et l'aristocrate de la P. J., le computer du quai des Orfèvres, le distingué commissaire Maës était tout fripé de fureur. Les dieux de la guerre — et Dieu sait s'il les connaissait — étaient avec Louis Orsini.

— L'Ange noir, murmura-t-il, l'ange noir de la baie des Anges...

Il freina violemment à un feu qui passait au rouge. Une petite MG blanche dépassa la DS en vrombissant.

Le club *Paradis* alignait, au bout des quatre kilomètres de la Promenade des Anglais, sa façade d'une blancheur éblouissante, qui évoquait l'entrée d'un bordj de luxe avec son encadrement de palmiers nains. La porte bleue se découpait dans le mur blanc comme un carré de ciel. Seul le judas, étrange lucarne dans la porte de ce qui s'appelait en lettres au néon le *Paradis,* ouvrait un œil peu engageant et trahissait l'endroit. Le club n'offrait un monde meilleur qu'aux noctambules.

Ils passaient la porte à la nuit tombée, les Bienheureux du Nice by night, les Anges du péché, les oiseaux de Paradis nocturnes, les diables qui rentrent dans les boîtes. Celle-ci était luxueuse. Elle était aussi louche et, pour ne pas faire mentir cette réputation, le maître de céans avait une coquetterie dans l'œil.

Curieux club, qui devait son nom et son succès à l'incomparable situation de sa boîte de nuit, installée sur le toit et qui s'ouvrait sur le ciel. La porte du *Paradis* ne menait nulle part, sauf à cette luxueuse terrasse, où l'on accédait par un ascenseur direct, qui ne desservait pas les étages.

L'immeuble était étroit, tout en hauteur. Il y avait sous la terrasse quatre étages : le fief d'Alvarez et de ses hommes. On ne pouvait y entrer que par la terrasse ou par une porte anonyme, située de l'autre côté du pâté d'immeubles, dans une rue parallèle à la Promenade des Anglais. Deux buildings très modernes, plus hauts de trois étages, encadraient le club. Les murs mitoyens dominaient la terrasse de leurs plages verticales, aussi vertigineuses que verdoyantes : des croisillons verts couvraient entièrement les parois, jusqu'aux toits des maisons, et servaient de support à une jungle variée de plantes grimpantes. Les tendres clochetons des volubilis, les feuilles des vignes vierges, les corolles violacées des bougainvillées, donnaient réellement au club *Paradis* une beauté de jardin suspendu. Tel quel, avec ses massifs fleuris et ses palmiers qui éventaient délicatement les tables des dîneurs de 3 heures du matin, tandis que le vent de la baie des Anges baignait la terrasse, c'était vraiment le jardin de l'Éden. Le ciel appartenait à qui levait la tête. Il n'était pas seul. Le club *Paradis* offrait également à ses habitués un septième ciel, à l'étage inférieur, où des créatures de rêve dispensaient des plaisirs très coûteux, qui relevaient directement du purgatoire, sinon de l'enfer.

Les promeneurs, Anglais ou autres, étaient peu nombreux à cette heure caniculaire. La foule d'août restait affalée sur les galets du bord de mer ou cherchait la fraîcheur en se trempant dans une Méditerranée immobile. Quelques caravanes de touristes se risquaient sur la vaste terrasse-promenade où le soleil tombait comme du plomb. Le terre-plein central, avec ses palmiers à l'alignement, n'offrait qu'une précaire oasis, entre les deux torrents des automobiles qui scintillaient comme des mirages.

Louis fit stopper la MG de Stéfanie en double file, à deux cents mètres du club. La jeune fille ne disait rien. Elle attendait.

— Stéfanie, dit Louis en jetant un coup d'œil autour de lui, je suis arrivé. Adieu! Dans quelques instants, vous serez à Cagnes. Baignez-vous en pensant à moi. Je regrette de ne pas avoir le temps de vous accompagner. Mais j'ai quelque chose d'important à faire.

Il parlait vite, avec l'impression de prononcer un très long discours, qui lui venait de très loin, de tout ce qu'il avait connu de gai, et qui n'existait plus, qui ne pouvait plus exister, des rares moments de paisible douceur qu'il avait connus avec sa fille Geneviève, avec Kim-Hoa, la mère de Geneviève, avec la tendre Mlle Lee, des instants d'une vie impalpable qu'il avait vécue en contrepoint de l'autre, la vraie vie de l'homme, dure, violente, sans pitié, et solitaire.

— Et ça? demanda timidement Stéfanie en le regardant dans les yeux. Ses yeux, à elle, avaient la couleur de la noisette et la forme de l'amande.

Ça, elle touchait ça du bout de son index, ça, c'était la crosse du P 38, qui apparaissait au-dessus de la ceinture de Louis. Le vent de la course en MG avait

115

ouvert la légère veste de toile de Louis, et il n'avait pas songé à la refermer. Tandis qu'ils roulaient follement, qu'elle se glissait avec adresse à travers les encombrements, il n'avait plus pensé qu'à elle... Stéfanie... Stéfanie en blue-jeans... Stéfanie en chemisette jaune... Stéfanie qui le réconciliait avec la vie... L'autre, l'homme du bout de la route, Alvarez, le but, la cible, il l'avait oublié.

Il était là, Alvarez, derrière ce mur blanc. L'expression de Louis changea soudain. Son visage se durcit, ses yeux se plissèrent, ses lèvres se serrèrent.

— Et ça? répéta doucement Stéfanie.

Louis Orsini ne répondit pas. D'un bond, il sauta par-dessus la portière de la décapotable. Un instant, il se tint appuyé contre le haut du pare-brise, qui lui arrivait à hauteur du cœur. Il hocha la tête.

— Adieu, Stéfanie! fit-il d'une voix grave.

Elle ne bougea pas. Elle le regarda se glisser entre deux voitures en stationnement et s'éloigner très vite. Derrière la MG qui était restée en double file, un automobiliste mécontent fit entendre de furieux coups d'avertisseur. Stéfanie démarra lentement. Quand elle passa devant Louis, elle tourna la tête vers cet homme dont la détresse et la violence l'avait si profondément touchée. Il lui sembla, tandis que le flot des voitures l'emportait, entendre au loin, au bout de la courbe de la baie des Anges, les sirènes de police, portées par la Méditerranée.

Dans le grand salon du Palais Orsini, rien n'avait bougé depuis le départ du commissaire Maës. On aurait dit la scène des *Visiteurs du Soir*, au moment où le diable jette un sort et fige la pavane. Les quatre personnes qui se tenaient dans la pièce étaient pareillement immobiles.

Assise sur le rebord du divan bas, les coudes sur les

116

genoux, la tête penchée dans ses mains très pâles, posées sur ses cheveux noirs comme deux colombes crispées, Sylvaine était pétrifiée, autant que son portrait en *Maja desnuda*. Elle remuait des pensées grisâtres, qui s'entrechoquaient sans fin, comme les galets que roule la mer.

A la porte du salon, l'un des inspecteurs de la P. J. niçoise, se tenait debout, bras croisés, statue de Commandeur. Son collègue était assis dans l'un des fauteuils de cuir, en face de Louisa, dont la jupe courte entraînait le policier vers des rêveries sans fin.

Pas un bruit, pas un mot. Et puis Sylvaine se déplia lentement. La Maja desnuda prenait vie. La Maja croisa haut les jambes, sans souci du rideau noir de sa robe d'intérieur qui s'ouvrit sur un tableau prometteur.

— Messieurs, dit-elle, me permettez-vous enfin de donner un coup de téléphone? Devant vous, si vous le désirez?

— Nous sommes désolés, madame, dit l'un des policiers, nous avons des ordres du commissaire Maës.

— Celui-là, jeta-t-elle, comme avec rage...

Celui-là stoppait devant le club *Paradis*. Il se précipita hors de la DS et courut jusqu'à la porte bleue. Les passants en tenue de plage regardèrent avec stupéfaction cet homme élégant, costumé de sombre et cravaté, qui frappait violemment la porte du club à coups de crosse de revolver.

— Police! Ouvrez, répétait Maës. Il ne fit pas attention à la foule qui s'amassait peu à peu. Il contemplait le judas. Fermé. Toujours fermé. Alors, il n'attendit plus. En courant, il fit le tour du pâté de maisons. Une partie des badauds courut derrière lui. L'autre resta sur place. Ceux-là, ces baigneurs, ces touristes, ces flâneurs de midi, tous ces automobilistes qui descendaient de voiture pour voir ce qui se passait, n'allaient pas être volés. Un spectacle extraordinaire s'offrirait à eux. Déjà...

— Oh! fit la foule.

Dix, vingt, cent têtes se levèrent, le nez en l'air, les yeux dans le soleil.

D'un coup d'œil, Louis Orsini avait jugé la situation. Une dernière fois, il avait regardé la petite MG blanche et sa conductrice blonde, ondine mécanique disparaissant dans le flot des voitures. Puis ses yeux s'étaient arrêtés sur la porte bleue du club *Paradis*. Il ne tenterait pas de forcer cette porte, c'était inutile. Il ne se risquerait pas davantage à chercher la porte de service qui devait s'ouvrir de l'autre côté de l'immeuble. S'ouvrir, façon de parler, car elle était certainement sous la surveillance des hommes d'Alvarez. Restait une issue, une seule, la plus difficile, la meilleure : la voie des airs.

Sans hésiter, il était entré dans l'immeuble qui suivait la maison à terrasse du club *Paradis*. Il avait pris l'ascenseur jusqu'au huitième et dernier étage. Sur le palier, au bout d'un petit couloir, une porte en verre dépoli était entrouverte. Tout semblait facile, évident, comme si le destin lui indiquait le chemin.

Il avait poussé la porte de verre et s'était trouvé dans un autre couloir, qu'éclairait un vasistas sous lequel il y avait quelques échelons de fer, scellés dans le mur. En trois secondes, il avait pris pied sur un toit presque plat.

Vertigineuse vision. Devant lui, la Méditerranée, immense, blanche à force d'être bleue, de l'acier en fusion reflétant un soleil vertical. A sa droite, des toits, des pins parasols, l'aéroport et les Caravelles qui semblaient des mouettes, le double ruban de l'autoroute, Cagnes, Stéfanie... A sa gauche, à pic, Alvarez, caché quelque part sous ce jardin en terrasse, comme une taupe, un rat, un renard puant.

Avec précaution, bénissant un ciel auquel il croyait soudain car il lui semblait qu'il le touchait de sa main, le bénissant de l'avoir chaussé de mocassins à semelles de crêpe, il s'était avancé jusqu'au rebord du toit. Il s'était mis à plat ventre. Le P 38 lui rentrait dans l'estomac. Il l'avait extirpé de sa ceinture, il l'avait délicatement posé sur le zinc, à côté de lui, et il avait passé la tête.

Trois étages plus bas, s'étendait la terrasse du club *Paradis*, avec ses tables de marbre luisant sous le soleil, ses jardinières de fleurs et ses bouquets de palmiers nains et d'orangers. Il y avait même un petit jet d'eau, qui retombait dans une vasque en forme de coquille Saint-Jacques. Le luxe. Et la pourriture, avait-il pensé.

D'en haut, cela se présentait bien comme il l'avait vu d'en bas. Merveilleusement simple et merveilleusement acrobatique. Le treillage en petites lattes de bois vert montait jusqu'au toit et des rameaux les plus élevés des plantes grimpantes serpentaient sur les plus hauts croisillons.

Personne sur la terrasse, aucun mouvement, que les à-coups graciles du jet d'eau. Il n'avait pas attendu davantage. Et c'était étrange. Lui qui était un bloc compact de silence et de songes, qui n'existait vraiment que rentré en lui-même, il agissait alors sans réfléchir, au gré d'un grand vent intérieur, qui balayait toutes choses. Il s'était dressé dans le ciel, après avoir mis le P 38 entre ses dents. Et, tournant le dos au vide, il s'était lancé.

Moment le plus périlleux. Il lui fallait accrocher avec les pieds le sommet du treillage, d'une main se retenir au toit, de l'autre saisir les croisillons. Les dents serrées sur le pistolet, il avait pris une profonde inspiration. Les fines lattes allaient-elles supporter son poids? Son corps, l'instant où il ne serait pas encore

plaqué contre la paroi du mur, serait en déséquilibre...
Il avait réussi. Le treillage avait tenu. Le reste de la
descente était plus facile et ne demandait que de la
force dans les doigts pour s'agripper aux lattes parallèles, légèrement écartées du mur, et de la souplesse
dans le mouvement régulier des jambes. Le crêpe des
semelles l'aidait à se retenir au treillage par le bout
des mocassins.

Il était parvenu au milieu du mur quand la foule de
la Promenade des Anglais l'avait aperçu. Son costume
de toile faisait une tache claire dans le feuillage. Il
descendait de plus en plus vite, comme un singe, la
tête penchée de biais vers le bas. Il regardait la terrasse,
imaginant déjà l'itinéraire qu'il allait prendre. La
porte, derrière le long bar qui s'étirait sous un auvent
recouvert de tuiles italiennes...

— Oh! faisait la foule.

Des jumelles apparurent et quelqu'un s'écria :

— Il a un pistolet dans la bouche!

La circulation, peu à peu, se bloquait sur la Promenade des Anglais. Un bouchon se forma sur plusieurs
centaines de mètres. De l'autre côté du terre-plein
central, les voitures rentrant dans Nice s'arrêtaient
également, une à une. Parmi elles, il y avait une petite
MG blanche, décapotée. Un poing dans sa bouche,
Stéfanie Demarquette regardait Louis Orsini qui descendait au *Paradis*.

Kléber Maës, pour la deuxième fois de la journée,
pour la deuxième fois, peut-être, de sa vie, jura. La
porte de service du club, derrière l'immeuble, était
fermée, et personne n'avait répondu à ses coups de
sonnette. « Club *Paradis*. Entrée des fournisseurs —
Ascenseur et escalier de service au bout du couloir »,
lisait-on sur une plaque de cuivre.

D'où il se trouvait, le commissaire ne voyait plus le

club. Les vieilles maisons qui donnaient sur la petite rue parallèle à la Promenade des Anglais cachaient les immeubles modernes du front de mer.

Une voiture de police stoppa. Des agents accoururent. Maës se présenta et donna ses ordres.

— Essayez d'enfoncer cette porte! Ou en tout cas, bloquez-la! Personne ne doit sortir. Quant à moi, je retourne à l'entrée principale.

Il demanda au brigadier si le commissariat central avait expédié d'autres voitures au club *Paradis*.

— Oui, monsieur le Divisionnaire. Elles nous suivaient. D'autres agents arrivent à pied parce que, si vous me permettez l'expression, sur la Promenade des Anglais, c'est le Corso!

— Une dernière chose, dit Maës, vous avez bien reçu l'avis de recherche concernant Louis Orsini? Vous avez son signalement?

— Oui, monsieur le Divisionnaire. Un grand type très bronzé aux yeux clairs. Il a une balafre sous le maxillaire gauche. Il est habillé d'un costume de toile claire. Si je vois bien, il est très différent de ses frères. On a tous bien connu Aimé et Antoine Orsini, monsieur le Divisionnaire. Ils nous ont donné assez de fil à retordre, les vieux bandits...

Il y avait de l'admiration dans la voix du brigadier.

— Bon! coupa Maës. Il faut aussi mettre la main sur le nommé Alvarez, le propriétaire du club *Paradis*. Vous savez qui c'est?

Le brigadier fit une grimace en regardant ses hommes qui donnaient de grands coups d'épaule dans la porte.

— Ça, c'est une ordure! Une ordure avec des alibis. Si on avait pu mettre la main dessus...

— Eh bien, ne vous gênez plus! jeta Maës en s'éloignant rapidement.

*
* *

Les yeux d'Alavarez jetaient des éclairs discordants, le droit caressant la fille en maillot de bain avec la gentillesse d'un chat à neuf queues, le gauche riboulant légèrement de l'autre côté : un œil torve, l'autre tordu, ce visage jaune et noir aux lignes coupantes, était franchement sinistre, mais la nature s'était montrée plus généreuse en lui ajoutant un corps mince et nerveux de matador, une poitrine de bouvreuil qui se gonflait, des hanches étroites et des mains fines, une allure élégante et cruelle. L'inquiétant patron du club *Paradis*, avec une brutale soudaineté, leva la main et gifla la créature platinée, si violemment qu'elle tomba à plat ventre sur la moquette.

— Dehors! siffla-t-il. Dehors, putain!

Et, non content de lui avoir rougi la joue jusqu'au sang avec l'émeraude de la chevalière qu'il portait à l'envers, la pierre coupante dans sa paume — il n'en était pas à sa première gifle à l'émeraude — non content de la voir sangloter sur le tapis, avec des soubresauts convulsifs, il lui décocha un coup de pied dans les fesses. Le coup fit mal car le soulier d'Alvarez, pointu comme un escarpin de rastaquouère, s'était enfoncé dans une chair ronde et potelée, dénudée à souhait par le minuscule slip de bain. La fille se tordit de douleur, remuant bras et jambes en tous sens, semblant exécuter sur la moquette une sorte de brasse papillon.

— Emmène-moi! hoquetait-elle, emmène-moi!

Alvarez se passa nerveusement la main sur ses cheveux noirs, plaqués par une luisante gomina, et fit un signe à un gros homme qui se tenait dans le bureau, les bras croisés, le visage aussi épais qu'inexpressif.

— C'est ça, Bab-el-Oued, emmène-la dehors! Boucle-la où tu veux. Et va voir sur la terrasse si la voie est libre par la petite porte de secours!

Bab-el-Oued — ainsi nommé parce qu'il était né

dans le ruisseau de la place des Trois Horloges à Alger — s'approcha avec la grâce d'un bœuf. Il était en bras de chemise et présentait un Mauser négligent dans un holster de cuir noir.

— Ça va, patron, souffla-t-il, mais faut faire fissa!

Il se pencha et prit la fille à bras-le-corps. Elle se mit à gigoter et à hurler de plus belle. Ses cheveux platinés s'agitaient en tous sens. Sans s'émouvoir, avec un han! de déménageur, Bab-el-Oued jeta la malheureuse sur son dos, comme il eût fait d'un sac de pommes de terre.

Resté seul, Alvarez contourna son bureau et se précipita vers un coffre-fort encastré dans le mur, au ras du plancher. Comme disait ce gros porc de Bab-el-Oued, il fallait faire fissa. Les flics venaient d'arriver. Ils ne devaient pas être nombreux, ni très sûrs de leur fait. Et la foule s'amassait devant l'entrée du Club. Il ne voulait plus regarder par la fenêtre, tant l'écœurait ce spectacle qui prouvait que lui, l'homme de l'ombre, l'homme de la nuit, était déjà comme exposé en plein soleil, en pleine ville, à la façon d'un condamné du Moyen Age. Pouah! L'œil gauche d'Alvarez tourna furieusement, comme la boule à la roulette, pour s'arrêter finalement sur un numéro que lui seul pouvait voir car c'était le chiffre de la combinaison du coffre. Ordures de badauds! Voyeurs! Une bonne giclée de pistolet-mitrailleur là-dedans, comme dans le bon temps, à Alger... Mais il n'y avait pas de temps à perdre dans les amusements. Juste celui de filer. S'il n'avait pas eu l'idée après l'affaire d'Aimé Orsini, de blinder les deux portes du club, d'installer un système de blocage de l'ascenseur et de pouvoir fermer par deux grosses portes les escaliers intérieurs, il serait déjà cuit! A moins qu'ils ne viennent par la terrasse, en utilisant la grande échelle des pompiers, ils en avaient pour dix bonnes minutes...

Jusqu'au dernier moment, Alvarez avait balancé. Partirait-il? Ne partirait-il pas? Il envisageait la catastrophe avec sang-froid mais il trouvait dommage de tout gâcher, de risquer dans une fuite précipitée une réputation niçoise chèrement acquise de numéro un dans le Milieu et de respectable limonadier dans le centre. Mais, depuis ce matin, la situation se dégradait à une vitesse telle que ce n'était plus de jeu. Plusieurs années de lutte au couteau — et avec des armes de toutes les catégories — plusieurs années de graissage de pattes afin de faire marcher comme il convenait les hommes et la machine, plusieurs années d'un dur labeur, pour en arriver là, au bout de quelques heures! Il avait suffi que deux hommes débarquent à Nice, et tout s'effondrait! Au moment même où il croyait mettre définitivement la main sur la fortune des Orsini!

Deux hommes! Contre le premier, certes, ce flic de Paris nommé Maës, la bataille était inégale : il aurait fallu, de toutes les façons, se mettre au vert pendant un certain temps. Mais le second! Surgi de l'autre côté de la terre, et même d'outre-tombe! Berutti n'était qu'un sale crétin, aussi nul qu'un bougnoule, comme cet abruti de Belkacem, qui s'était fait proprement avoir, en vrai raton! Sa mort ignoble avait jeté la panique chez les hommes. Une volée de moineaux! Sans compter Bab-el-Oued, il ne restait que les femmes, avec qui, c'est vrai, il avait la manière. Ça, le beau sexe l'avait prévenu! Viens! Au secours! Tout va mal! Emmène-moi!

Avec un rictus de haine, Alvarez ouvrit le coffre. Il avait encore à jouer un tour à sa façon. La grosse enveloppe était là. Il y jeta un œil, le bon, et la remit en place. Puis il saisit la serviette d'écolier qui se trouvait près de l'enveloppe et en vérifia le contenu.

*
* *

de suite, il s'immobilisa, le pistolet à la main. Des gémissements, des petits coups, plutôt des grattements, venaient de la première porte du couloir. Elle était fermée à clef, mais la clef se trouvait dans la serrure, à l'extérieur, et Louis la tourna.

Une créature hagarde et platinée, aguichante et gémissante, à la fois très mignonne et pas très belle à voir, se tenait devant lui, les seins — réalisés au tour, avec un talent de Bernard Palissy — nus et le reste uniquement voilé par un léger slip de bain. Elle offrait en outre aux regards un œil rouge et enflé, promis au beurre noir, récent cadeau du nommé Bab-el-Oued qui, pour faire bonne mesure et par pure gaminerie, lui avait arraché son soutien-gorge : pour une fois qu'il pouvait agacer la dernière du patron...

— Sauvez-moi, gémissait-elle, Alvarez...

— Alvarez, répéta Louis. Où est-il maintenant?

— Dans son bureau. La porte matelassée, à l'étage au-dessous...

Louis repoussa doucement la fille et referma la porte, en donnant un tour de clef. Décidément le destin jalonnait la Rue sans Joie de poteaux indicateurs. Trente secondes plus tard, il était devant la porte matelassée. Lentement, il l'ouvrit.

Le poing ne quittait pas sa bouche, et son cœur battait si fort sous la chemisette jaune qu'il lui semblait que toute la foule, autour d'elle, allait entendre cette chamade. Stéfanie Demarquette, toujours assise dans la M. G. blanche, était partagée entre des sentiments fort divers : l'effroi et la fierté, l'horreur et la fascination, et l'attirance inexplicable pour l'homme qu'elle ne connaissait pas une demi-heure auparavant et qui, maintenant, faisait tout ce bruit. Mais justement, la foule était comme elle-même, Stéfanie : elle venait là, attirée par un inconnu, sans comprendre pourquoi.

Elle attendait la suite. Elle attendait Louis Orsini. Elle attendait la fin.

— Circulez! Ne restez pas sur la chaussée! Allons, roulez!

— Comment voulez-vous qu'on roule? C'est arrêté plus loin!

Les agents tentaient vainement de remettre de l'ordre sur la Promenade des Anglais. En direction de Cagnes et de l'autoroute, la circulation était complètement bloquée. Vers le centre-ville, de l'autre côté du terre-plein, cela se dégageait peu à peu.

Un mouvement se fit dans la foule : la porte du club *Paradis* était enfin ouverte. Stéfanie vit un homme mince et fort élégant entrer le premier suivi de quelques policiers en civil.

Le commissaire Maës était dans la place.

Alvarez se retourna vivement, la serviette d'écolier à la main. Son visage jaune se figea. Son torse se creusa, ses épaules s'affaissèrent, son œil gauche sembla celui d'un poisson mort. Le droit était écarquillé de terreur. Dans son costume noir, luisant et cintré, le petit homme avait l'air d'un croque-mort bilieux, qui digère mal les cadavres.

— Louis Orsini, murmura Alvarez d'une voix blanche.

— Alvarez, dit calmement Louis Orsini.

Louis tenait le P 38 pointé. Son index se crispa sur la gâchette.

— Non! hurla Alvarez.

— Oui! fit Louis, toujours avec calme.

Il s'approcha et, froidement, dans un geste rapide, frappa Alvarez sous le menton avec le canon du pistolet. Le patron du Club *Paradis* s'écroula. Il était grotesquement assis sur la moquette, la nuque renversée reposant dans le coffre-fort.

Louis ramassa la serviette et l'ouvrit. Il y avait dedans une centaine de liasses de billets de 500 francs.

— Non! fit Alvarez faiblement. Je n'ai pas tué Aimé!

Louis leva la serviette et en gifla violemment, par deux fois, les joues d'Alvarez. L'attitude du tueur l'écœurait un peu. Il le prit par les épaules et le mit debout. Alvarez chancelait.

Ce fut alors qu'il aperçut l'enveloppe dans le coffre-fort, qui ne contenait plus rien d'autre. Un nouveau coup du canon de pistolet, frappé en pleine poitrine, réexpédia Alvarez au tapis. Tenant toujours le P 08 pointé en direction de l'assassin de Geneviève, Louis saisit la lourde enveloppe et la déchira avec les dents. Il en éparpilla le contenu sur le bureau. Il y avait un petit revolver, recouvert d'un mouchoir de femme sur lequel était brodé les initiales S. O., et une dizaine de photos. S...O... Sylvaine Orsini, pensa Louis qui, soudain comprit tout.

Il regarda les photos. Elles étaient horribles et magnifiques, d'une pornographie insoutenable et, parfois, presque belles, quand le visage et le corps de sa belle-sœur exprimaient la suprême félicité. Sylvaine dans les bras de l'ignoble Pascal Berutti... Sylvaine offerte, tendant les mains vers un Don Juan couturé, à la gueule de pirate barbaresque, qui devait être Belkacem... Sylvaine avec un gros homme qui ressemblait au gangster de la terrasse... Sylvaine, au corps blanc des amoureuses, nymphe absolue dans sa nymphomanie...

A chaque photo, Louis frappait le visage d'Alvarez à coups de crosse, à coups de canon, sans rien dire. Puis, de nouveau, il souleva le petit homme d'une main, en le prenant au collet.

Ce n'était plus qu'une loque, qui marchait en titubant, qu'il fallait pousser, traîner. Louis avait la nausée mais il se forçait à agir. Ça, c'était ça qui avait donné la mort à celle à qui lui-même avait donné la vie! Louis n'avait plus de haine, rien qu'un dégoût désespéré pour quelque chose de répugnant et qu'il fallait jeter. Alvarez, Diego Alvarez ne méritait même pas la noble morsure d'une balle de 9 mm.

Ils furent sur la terrasse, plongés dans une chaleur torrentielle. Il n'y avait personne, rien que le corps étendu de Bab-el-Oued. Mais, d'en bas, montait une rumeur assourdissante. Sur la Promenade des Anglais, la foule devait être innombrable.

— Nice sera servie, songea Louis. Je vais lui envoyer dans le soleil son roi de la nuit.

Ils étaient parvenus près de la large balustrade en pierre. La poigne de Louis tenait toujours Alvarez au collet.

— Allons, Alvarez! fit simplement Louis. C'est l'heure.

Mais, dans un dernier effort, le petit homme noir, au visage ensanglanté, bouscula son bourreau et se précipita vers la petite porte du mur, en courant comme un pantin désarticulé. Louis leva son pistolet et fit feu une fois en visant les pieds. Alvarez s'écroula.

Louis vint lentement vers le corps étendu, que la souffrance arquait. Il remit le pistolet dans sa ceinture et ramassa Alvarez. Il le tenait dans le dos à bout de bras. Ses mains étaient crispées sur le haut du veston et du pantalon.

Il revint à la balustrade et, en regardant la mer étincelante, il balança plusieurs fois le corps et le jeta dans le vide.

Alvarez, un instant, sembla planer. Il avait écarté les bras comme un plongeur qui fait le saut de l'ange, comme s'il voulait se jeter dans la Méditerranée qui était là, toute proche, tentatrice, remplie de mille sirènes merveilleuses. Il se fracassa au milieu de la foule qui poussa un grand cri.

Louis entendit ce cri. Il eut une sorte de mince sourire et se précipita vers la petite porte du mur.

La porte venait de se refermer quand le commissaire Maës apparut sur la terrasse, colt au poing.

Stéfanie était pétrifiée. Elle aussi avait crié quand elle avait vu l'homme dans les airs. Mais ce n'était pas Louis Orsini.

— Circulez immédiatement! Dégagez la route!

Le ton des agents de police avait changé. Toute l'atmosphère avait changé. La mort d'Alvarez, terrifiante et spectaculaire, frappait la foule, qui fut soudain prise de panique. Les badauds s'enfuirent dans tous les sens. Les innombrables policiers étaient bousculés, dans un formidable désordre.

Stéfanie embraya. Et puis ses pieds appuyèrent machinalement sur les pédales. La M. G. stoppa au bout de quelques mètres, tandis que les autres voitures démarraient bruyamment, dans des claquements de portières.

— Louis Orsini, murmura la jeune fille.

Il venait d'apparaître en haut des marches de l'immeuble voisin du Club *Paradis*, où se tenaient encore des groupes de gens surexcités. Tranquillement, sans se presser, il sortit et se dirigea vers la M. G. Tout de suite, il avait aperçu la petite voiture blanche, et la tâche jaune de la chemisette de Stéfanie. Dans la cohue, personne ne fit attention à lui.

Sans un mot, Louis enjamba la portière basse de la M. G. et s'assit à côté de la conductrice. Trois policiers s'approchèrent, mitraillette en bandoulière.

— Allons! firent-ils, ne restez pas là!

— Nous partons, dit calmement Louis.

La M. G. démarra. Louis et Stéfanie ne pronon-

çaient pas une parole. Les mains de la jeune fille tremblaient légèrement sur le volant. Celles de Louis étaient
immobiles, posées à plat devant lui.

Ils arrivèrent devant le Palais de la Méditerranée.
Stéfanie dit avec effort :

— Où allons-nous?

— Continuez un peu plus loin et tournez à gauche
vers la place Masséna. Vous remonterez l'avenue de
la Victoire et vous prendrez la direction de l'avenue
George V. Si vous apercevez un barrage de police,
stoppez et je filerai. Si je peux, je vous rejoindrai à
Cagnes. Il faudrait quand même que nous prenions
un bain ensemble...

— Mais... Savez-vous où aller, maintenant?

— Oui, je sais. Chez ma belle-sœur, Sylvaine Orsini.

La jeune fille le regarda avec de grands yeux effrayés.
Il soutint ce regard.

CHAPITRE V

LOUIS ORSINI

(Tragiquement)

Louisa, toujours assise devant l'inspecteur niçois, écarquilla les yeux et sourit. Le policier, croyant qu'enfin la petite lui manifestait de l'intérêt, se rengorgea. Mais ce n'était pas ce visage de limier sentimental, qui faisait sourire la demoiselle. La tête de Louis Orsini s'était montrée, un fugitif instant, à la porte vitrée qui se trouvait en face de la jeune fille, puis elle avait disparu. Les autres, Sylvaine Orsini, les policiers, n'avaient rien vu, ni entendu.

Louis, après avoir quitté Stéphanie avec un regard plus chaud qu'un baiser, était entré facilement dans le Palais Orsini. La M. G. blanche avait démarré tout de suite. Louis avait donné l'ordre à Stéfanie de se rendre sans tarder à la villa de Cagnes et, cette fois-ci, l'adolescente aux yeux d'amandes et de noisettes s'était montrée sage.

Par la petite porte de service, dans le jardin, il avait pris l'ascenseur de Louisa. Le même couloir avec son épaisse moquette. Pas de bruit. La porte du grand salon. Et, dedans, les deux policiers...

C'était aussi bien. Pourquoi être revenu là? Pour tuer Sylvaine, cette fatale belle-sœur qui n'avait été qu'un jouet dans les mains de feu Alvarez, et de beaucoup d'autres mâles eux aussi plus ou moins feus? Même pas! Il aurait simplement aimé lui parler. Mais à quoi bon parler, chercher à entendre ce qu'il savait déjà? A quoi bon se présenter en justicier? Maës était l'homme de cette justice. Il lui restait deux coupables bien vivants à arrêter, Sylvaine Orsini et lui-même, Louis Orsini...

Le deuxième coupable n'avait pas l'intention de se faire prendre. Cependant, il semblait bien que la police avait de nouveau un temps de retard. Il n'y avait pas d'autres policiers au Palais Orsini que les deux hommes qui se trouvaient dans le salon, en train de garder Sylvaine. Alors, Louis était tranquillement sorti du duplex par la grande porte et il avait pris l'ascenseur de maître.

C'était une erreur. Il s'en aperçut tout de suite dans le vestibule. Décidément, tout continuait à se jouer à la minute près! Les policiers venaient d'arriver.

Une DS noire stationnait devant l'entrée de l'allée traversant le petit jardin qui entourait l'immeuble. Sur le devant, il y avait seulement quelques mètres carrés de pelouse, que rien ne séparait du trottoir.

Un homme était au volant, un autre sur la banquette arrière. Le troisième, qui portait un chapeau mou, se tenait adossé à l'aile avant de la DS. Ses yeux ne quittaient pas la grande porte de verre et devaient parfaitement voir ce qui se passait dans le vestibule.

Louis avait hésité une fraction de seconde. Chercher à sortir par la porte de service, sur le côté? Trop tard, l'homme ne le quittait pas des yeux. Sans doute ne l'avait-il pas reconnu, derrière la porte de verre, dans la clarté discrète du vestibule. En tout cas, il se redressa et franchit l'allée en quelques pas. Mais il n'avait pas sorti son pistolet. Il n'était donc pas sûr que l'homme du vestibule fût celui qu'il recherchait.

Louis eut un léger serrement du côté du cœur. Il y

avait cette porte vitrée à franchir, à ouvrir : un mouvement pour tirer le battant, une seconde pour exécuter ce mouvement. Une seconde à perdre quand son temps se comptait en fractions de secondes!

Louis s'arrêta devant la porte, se baissa, fit semblant de rattacher les lacets de ses mocassins. L'homme au chapeau mou s'avança, poussa lui-même le battant, une main sur la porte, l'autre engagée dans l'échancrure de sa veste, vers le holster. Louis n'attendait que cela : que l'homme ouvre lui-même la porte et se place en écran entre lui et ceux de la DS.

Il bondit, tête baissée, comme un buffle. Il porta un coup si formidable que l'homme fut soulevé de terre et projeté sur la pelouse. Le type assis à l'arrière de la DS et celui qui était au volant eurent à peine le temps d'ouvrir les portières. Déjà Louis avait traversé l'avenue George V. Il était heureux qu'elle fût en pente. Cela facilitait sa course. Il volait! Les promeneurs étaient rares et personne n'osa s'interposer. Mais il y avait quand même assez de passants pour que les policiers n'osent pas tirer.

Il sauta la barrière d'un jardin au moment où la DS virait dans un sinistre et très conventionnel crissement de pneus. Entre les palmiers, sur le tapis moussu, Louis était à l'aise. A longues foulées, il courait en ménageant son souffle, sachant qu'ils ne le rattraperaient pas, du moins pas ici.

Les policiers avaient déjà appelé des renforts. Les rues voisines retentirent soudain de coups de sifflets et du mugissement des sirènes. Avec une célérité incroyable, ils cernaient le quartier. Rue Saint-Lambert, Louis comprit qu'il ne s'en sortirait pas en continuant à courir, ni même en prenant un taxi ou en volant une voiture.

Avant tout, il lui fallait penser. Il ne pouvait courir et penser en même temps, surtout en surveillant tous les coins de rue. Ses poumons le brûlaient. L'asphyxie le menaçait. Sa bouche était desséchée et sa vue se brouillait. Il devait s'arrêter. A son bras, la serviette pleine de billets lui parut soudain très lourde.

La première porte cochère ouverte lui fut un havre. Il se réfugia dans l'ombre et le silence d'un porche désert où il demeura cinq minutes, tout en surveillant la rue. Le temps de calmer son souffle, d'éponger un peu la sueur qui inondait son corps, d'aviser.

Il tremblait. Pour la première fois de la journée, il tremblait. C'était un signe : la chasse à l'homme était enfin commencée. Jusqu'alors, il avait été le chasseur. Sous la voûte du porche, l'écho de sa respiration lui fit peur. Il y avait de quoi ameuter toute la maison! Il se força au calme et examina les lieux. Son asile était un immeuble vétuste mais parfaitement entretenu. Ses habitants devaient être des personnes âgées, des retraités. Leurs allées et venues étaient sans doute rares. En effet, après ces cinq minutes, il n'avait encore vu personne. Son inspiration se révélait judicieuse! Heureuse vieille maison feutrée qui ne se laissait jamais troubler par les tumultes imbéciles du dehors!

Une cour intérieure, pavée, faisait suite au porche, et des garages s'alignaient au fond, sans doute d'anciennes écuries. Ils étaient fermés pour la plupart, très soigneusement, et ceux qui demeuraient ouverts étaient vides. Forcer une de ces portes, ouvrir celle du porche, faire démarrer une voiture en trafiquant les fils et fuir en forçant un barrage? Absurde. Rester là? Encore plus absurde. Pénétrer dans un appartement, le plus silencieusement possible, et attendre là que l'orage passe? Pratiquement absurde...

Sortir de ce piège à rat! Son cerveau tournait à vide. Orsini ne s'était jamais senti aussi piégé, même en Indochine. On peut rester vingt-quatre heures tapi dans un trou d'eau, avec les sangsues et les moustiques.

Mais on ne peut rester une heure sous un porche dans la ville de Nice! Ses pensées patinaient, déraillaient.

Les sifflets s'étaient tus, les sirènes aussi. Le dispositif était-il déjà en place? Au plus loin qu'il pouvait voir, en risquant un œil prudent, il aperçut une voiture-pie à l'angle de la rue Marceau. Elle barrait aussi l'avenue Biasini. Une voiture-pie, c'était peu! Tous les renforts n'étaient pas encore arrivés. Mais ils n'allaient pas tarder à ratisser, à fouiller maison après maison. La sueur réapparut sur son front, due cette fois à la course échevelée de ses pensées. Il se força au calme, une fois de plus, et observa la rue.

Une voiture la remontait lentement, une R 16. Elle mit son clignotant et vira soudain à hauteur du porche. Louis vit ses gros yeux ronds et son mufle idiot. Une fraction de seconde, il crut qu'elle fonçait sur lui et qu'il était découvert. Puis il s'aperçut qu'elle se plaçait simplement face au porche, qu'elle allait entrer là. Il décrispa sa main sur la crosse du P. 08, fit un bond en arrière et s'abrita dans l'entrée, près de l'escalier.

Un homme descendit de la R 16, un homme plutôt âgé. Il était corpulent et chauve, portait la soixantaine. Louis se posa la question : « Va-t-il se mettre à hurler, a-t-il un minimum de sang-froid? ». L'homme avait l'air pondéré et autoritaire. Il ne crierait peut-être pas. Pour l'instant, il s'affairait avec les battants de la porte cochère. Il les ouvrait.

Louis se dévoila et marcha sans hâte vers lui, un sourire sur les lèvres :

— Cette porte paraît lourde, dit-il aimablement. Puis-je vous aider?

— Vous êtes trop aimable, Monsieur...

Louis ne lui laissa pas le temps de se poser des questions sur sa présence dans ces lieux. Il parla vite :

— Le quartier semble agité, dit-il. Que veulent tous ces policiers?

S'il n'était pas bavard, l'homme était poli. Il ne voulut pas désobliger son interlocuteur et répondit en s'efforçant de cacher son agacement.

— Ils cherchent quelqu'un, sans doute...

— Ils vous ont arrêté?

— Oui, ils ont fouillé ma voiture.

— Où?

L'homme jeta un regard oblique à Orsini. Cette fois, il ne dissimula pas son ennui. Cet interrogatoire lui déplaisait. Il répondit, cependant, d'un ton pincé :

— Mais... Là-bas, à l'angle de la rue.

— Et avant?

— Avant? Rien! Mais enfin, Monsieur, pourquoi ces questions?

Louis réfléchissait très vite. Si les flics venaient de fouiller la voiture, ils ne recommenceraient pas dans deux minutes. En principe. Le coffre de la R 16 est vaste et communique avec l'intérieur de la voiture. Il suffirait de repousser un peu le dossier arrière pour surveiller le conducteur. Alors, il dit, très calme :

— C'est moi qu'ils recherchent...

L'homme ouvrit la bouche, puis il eut un haut-le-corps. Orsini ne lui donna pas le temps d'extérioriser autrement sa surprise. Il reprit, dans un débit serré :

— Vous allez repasser ce barrage, exactement le même! Vous direz aux policiers que vous avez oublié d'acheter des cigarettes, ou n'importe quoi. Moi, je serai dans le coffre.

L'homme secoua la tête. Il répétait : « Mais non! Mais non! » et ne parvenait pas à articuler autre chose. Il était devenu très pâle. Il ne fallait pas le braquer davantage de crainte qu'il ne perde tous ses moyens. Mais Louis voulut quand même l'impressionner assez pour qu'il obéisse. Il sourit avec amabilité.

— Mais si! Mais si, monsieur!

138

— Et... et pourquoi... pourquoi, s'il vous plaît?
demanda enfin l'homme.

— Pour ça, répondit Louis.

Il exhiba le P 08 que l'autre regarda avec une fascination horrifiée. Aussi Louis jugea-t-il plus à propos
de rengainer ses moyens de persuasion. Il prit le bras
de l'homme, en serrant trop fort, et insista :

— Ne vous inquiétez pas! Je ne suis pas un gangster.
Tout se passera bien. Maintenant, calmez-vous!
Prenez le volant et entrez sous le porche pour que
j'embarque à l'abri des regards. Et surtout, ne tentez
rien!

L'homme baissa la tête, accablé. Il était bien décidé
à ne rien tenter. Il marcha vers la voiture dont le
moteur tournait toujours et s'installa au volant.
Derrière le pare-brise, il fixait Louis d'un air catastro-
phé. Celui-ci n'avait pas bougé. Il n'avait même pas
jugé utile de recourir encore à son pistolet. Ses mains
étaient vides, ses bras ballants. Il souriait toujours,
très gentiment.

Cette attitude suffirait-elle à subjuguer l'homme?
La voiture entra sous le porche. Louis repoussa la
banquette arrière et se glissa dans le coffre :

— Maintenant, dit-il, sortez doucement! Et roulez
normalement! Pas d'affolement et pas d'infraction
au Code de la route! Ce n'est pas le moment. Et
n'oubliez pas : si vous dîtes un seul mot, si vous faites
un seul geste contre moi, une seule mimique qui puisse
intriguer les flics...

L'automobiliste n'avait pas besoin de se faire répé-
ter cela. Il acquiesça de nouveau avec précipitation.
Il acceptait tout, il était vaincu. Il ne demandait qu'une
chose : se débarrasser au plus vite de ce cauchemar.
Il sortit un mouchoir de sa poche, essuya son front et
ses mains. Il respira lentement et longuement pour
calmer sa nervosité, mit les mains sur le volant. Elles

ne tremblaient pas. Pas trop. Il jeta enfin un coup d'œil dans le rétroviseur en évitant de regarder la banquette arrière, embraya et passa la marche arrière. Aussi bien que le jour où il avait passé son permis de conduire...

Il conduisait lentement, bien trop lentement. Mais Orsini ne pouvait plus se permettre le luxe de l'affoler et de provoquer une bévue. Le barrage n'était plus qu'à quelques mètres. Une Dauphine barrait la route, en travers, et quatre policiers en uniforme braquaient des pistolets-mitrailleurs. Le chauffeur de Louis s'arrêta devant celui qui commandait le petit groupe. Il passa la tête par la portière et eut un pauvre sourire.

— C'est moi, monsieur l'agent, vous me reconnaissez? Je viens de passer... Je m'aperçois que j'ai oublié de faire une course. C'est pour ma femme, vous comprenez, pour son anniversaire. Et elle doit rentrer d'un instant à l'autre.

Dans le coffre, Orsini eut une grimace. Ce type en faisait beaucoup trop! Et, en plus, il bégayait! Cette histoire d'anniversaire oublié était complètement stupide. Cependant, il entendit le policier qui disait, après un instant :

— Si c'est pour l'anniversaire de votre femme... Vous pouvez passer!

Et il s'écarta. L'homme au volant remercia, avec trop d'insistance au gré de son passager clandestin. Il passa la première et la voiture démarra tout doucement. Derrière elle, un flic fit signe :

— Hé, votre coffre n'est pas fermé!

Il y eut cela, et puis la réflexion d'un autre agent :

— Bien pâle, ce type-là! Plus que tout à l'heure, c'est bizarre... On aurait dû fouiller le coffre. On ne sait jamais.

— Tu n'as pas vu qu'il a simplement peur de se faire engueuler par sa femme?

Mais, alors qu'il disait cela, l'agent fronça les sourcils. A cause du mot peur. L'homme pouvait avoir peur d'autre chose que de sa femme. De quelqu'un qui se serait caché dans son coffre, par exemple. Le policier étreignit son sifflet et lança un coup strident.

La voiture était à trente mètres. Au volant, l'homme tressaillit, lâcha le pied de l'accélérateur, par réflexe, l'enfonça de nouveau brutalement, le relâcha. La voiture cahota et commença à zigzaguer. La voix rauque de Louis acheva d'affoler le conducteur.

— Fonce!

Les flics lui hurlaient de s'arrêter. Il choisit de foncer parce que Louis avait repoussé le dossier de la banquette et qu'il était maintenant tout contre sa nuque. Il y sentait le souffle de sa respiration et le froid du canon de l'énorme pistolet... Et tout cela était bien plus près de lui que les mitraillettes des agents dont l'une, pourtant, commençait à égrener sa chanson.

Heureusement, l'agent manquait d'entraînement ou alors il faisait exprès de tirer à côté. Louis se retourna et vit, par le coffre ouvert, l'impact des balles qui s'écrasaient plus près des pieds du tireur que de l'arrière de la voiture. A la seconde rafale, la R 16 était déjà hors de portée.

Le malheureux chauffeur cédait à la panique. La voiture ne fit que quelques centaines de mètres, dont la plupart en grandes embardées. Elle acheva sa course solidement encastrée sous l'arrière d'un camion à l'arrêt. Louis bondit sur le trottoir. Avant de prendre sa course, il jeta un coup d'œil derrière lui. A travers le pare-brise éclaté, il eut le temps de voir le visage ensanglanté de son chauffeur, ensanglanté avec un air d'indicible soulagement. Louis sourit.

Pour lui, ça recommençait! Il courait, et les flics couraient aussi. Lui devant, à pied, et les flics en Dauphine! La rage l'étouffait plus que le train d'enfer

141

qu'il menait. Il devait battre des records, d'ailleurs, parce que la Dauphine n'apparaissait pas. Il était avenue Desambrois, il tourna dans la rue Notre-Dame, vers la place Toselli. Là, il y avait du monde. Il se perdit dans la foule et descendit vers la ville, du pas du vacancier, sa veste sur l'épaule et sa serviette à la main, avec ses cinquante millions dont il ne savait que faire.

Pour la troisième fois de la journée, le commissaire Maës était en colère. Il savait très bien pourquoi le trahissaient des nerfs faits de l'acier de la plus belle qualité que l'on pût trouver dans une usine où pourtant l'on n'en manquait pas : la Police Judiciaire. Il était furieux parce qu'il n'avait bu, depuis le matin, que deux tasses de café à la chicorée. Voilà comment il était, lui, Kléber Maës, lion des Flandres flegmatiques! Le café, ce divin breuvage qui aromatisait vingt-quatre heures sur vingt-quatre, depuis des éternités, les cuisines des Chtimis où ronflent les poêles de faïence, le café qui énervait tous ceux qui n'avaient pas eu la chance de naître dans le plat pays, le calmait.

— Noir et fort, dit-il à Louisa. Avec de la chicorée, si vous en avez.

La fille sortit, heureuse de se dégourdir des jambes ravissantes, qui précisément avaient captivé l'inspecteur niçois, durant cette heure d'immobilité assise. Maës revint à ses moutons, à ce bélier d'Orsini, à ce mouflon corse. A la vérité, plus que le manque de café, c'était ce diable de Louis qui entretenait l'ire du commissaire. Après le sanglant carnaval de la Promenade des Anglais, Orsini était parvenu à s'échapper de justesse. A deux minutes près, il était arrêté.

Deux minutes! Maës s'indignait contre un sort aussi malicieux qui, à chaque fois, lui escamotait sa prise au moment où il allait la saisir. Comme un canard sauvage disparaît dans le ciel devant un chasseur sur-

pris, l'Ange Noir s'envolait dès qu'il apparaissait.
Maës admirait cette chance, doublement, en connaisseur et en ami. Toujours est-il que depuis le matin, depuis l'entrevue de l'aéroport où Louis lui avait fort bien joué la comédie, il avait pris ces deux minutes de retard, qui permettaient à son gibier de s'enfuir. Une première fois dans cet appartement de l'avenue George V, où Louis avait filé sous son nez. Une deuxième fois, lors du cirque de la Promenade des Anglais, où le fauve avait disparu à l'entrée du dompteur. Et une troisième fois, maintenant, où, comme il l'avait prévu en découvrant les photos et le 6,35 dans le bureau, Louis avait tenté de revoir sa belle-sœur et, sans nul doute, de parachever sa vendetta. Mais cette fois-là était bien la dernière. Nice était quasiment en état de siège. Il ne lui restait plus, à lui, Maës, le coordinateur de la chasse à l'homme, qu'à attendre. Il retournerait donc à son Q. G. de la P. J.

Le commissaire s'approcha de Sylvaine, toujours prostrée sur le divan. La pâleur naturelle de la jeune femme était devenue lividité.

— Madame, dit-il froidement, je vous prie de vous habiller et de me suivre. Je vous arrête pour le meurtre de votre mari, Aimé Orsini.

Le climat de Nice était décidément malsain pour la famille Orsini. Louis n'avait plus rien à faire ici. Il ne pouvait plus rien faire, sinon essayer de fausser compagnie à Maës. Et dans les plus brefs délais. A Kompong-Trach, ils pourraient toujours essayer de l'arrêter!

Il savait comment rejoindre Kompong-Trach. Il savait également où aller immédiatement. Mais il ne savait pas comment quitter Nice, comment se rendre à Cagnes, chez Stéfanie. La si jolie Stéfanie était sans doute la seule personne au monde qui puisse l'aider dans les heures à venir. Mais la joindre n'était pas le moindre de ses problèmes.

Il n'était pas question de louer une voiture. Tous les garages devaient posséder son signalement. Voler une voiture était possible mais trop risqué. Toutes les sorties de Nice étaient gardées, toutes les gares, et aussi l'aéroport. Quelle issue restait-il? La mer? Pourquoi pas? Les flics ne pouvaient quand même pas surveiller les innombrables petits voiliers qui croisaient au large de la baie des Anges!

Il y avait peut-être là une idée. Louis prit le temps de boire deux demis pour étudier le problème. Non, il était impossible que les flics interpellent tous les plaisanciers, tous les estivants en maillot de bain. Il y en a qui s'échappent en poussant une vache devant eux, qui franchissent les barrages en vélos pendant que la gendarmerie fouille les voitures. Lui s'échapperait en maillot de bain!

En ski nautique, derrière un hors-bord? Cette image le fit sourire. En louant la barque d'un pêcheur, en s'inscrivant pour une excursion le long des côtes? En nageant très loin, en simulant le nageur en difficulté? Et se faire conduire à Cagnes par son sauveteur? Toutes ces idées étaient-elles vraiment farfelues et irréalisables? Sûrement pas...

Et la serviette aux millions? La première consigne automatique ferait l'affaire. A moins qu'il mette les billets dans un sac de plage, avec ses vêtements? Il répugnait à se séparer de l'argent. Il opta pour cette solution.

Il paya ses demis. On dit que les garçons de café travaillent à l'occasion pour la police. Celui-ci arrivait à peine à travailler pour lui-même. Il dormait à moitié. Dans deux minutes, Louis Orsini lui serait complétement sorti de la mémoire, à supposer qu'il eût une mémoire.

Louis s'enfonça de nouveau dans la foule. Personne ne faisait attention à lui. Il acheta un sac de plage garanti étanche et gonflable, grâce à ses doubles parois, ainsi qu'un maillot de bain. Puis il se fit conduire sur la Promenade des Anglais. Le chauffeur de taxi qui l'emmena, un vieil homme porteur de verres épais, ne lui jeta pas un regard. Il avait perdu presque une demi-heure à le choisir entre vingt autres chauffeurs. Il lui fallut le double de ce temps pour lier connaissance avec la sirène idéale, choisie entre vingt beautés qui s'offraient au soleil et à la mer.

Plus que célibataire, solitaire, cette jeune femme n'était pas vraiment belle. Aussi fut-elle surprise, d'abord, qu'un aussi magnifique échantillon du sexe mâle s'intéressât à elle. Mais elle avait tellement besoin d'y croire qu'elle finit par se laisser persuader. La méfiance fit place à l'enchantement, les mots de Louis la bercèrent, elle s'abandonna comme une enfant. Louis savait parler aux enfants.

Elle était secrétaire et travaillait à Paris. Elle gagnait bien sa vie. Elle ne sortait pas. Elle sourit, en disant cela, d'une façon triste et charmante, tellement charmante que sa laideur s'effaça. Louis lui dit que son sourire était lumineux, ses dents admirables, et aussi la couleur de ses yeux. Elle rougit, et trembla un peu.

Donc, elle ne sortait pas, économisait un peu. C'est ainsi qu'elle avait pu s'offrir, d'occasion, le magnifique 505 qui se balançait à vingt mètres de la plage où elle venait de jeter l'ancre.

Louis se donna le luxe de lui dire qu'il avait tout de suite remarqué le bateau. Il arrivait ainsi à ne pas mentir tout à fait. Christine — c'était son prénom — en rougit de plaisir. Elle était fanatique de voile, et lorsque Louis lui dit qu'il partageait cette passion, ce fut elle qui lui proposa d'embarquer. Déjà, elle était debout et lui tendait la main.

Ils nagèrent doucement vers le 505. Orsini poussait devant lui ses cinquante millions.

— Et les cinquante millions, en coupures de 500 francs, qu'en avez-vous fait?

— Diego... Enfin, Alvarez les a pris. Il les a placés dans son coffre, au club *Paradis*.

Dans le bureau de Maës, à la P. J., Sylvaine Orsini parlait depuis 2 heures, sans hésitation, avec une maîtrise étonnante. Elle disait tout, de sa voix rauque, tranquillement, comme si cela, déjà, ne la concernait plus. Elle portait une robe de légère flanelle grise, fermée par un sage petit col blanc, une robe d'une facture très classique mais à la jupe plutôt courte, qui laissait deviner, dans de curieux bas brodés d'un blanc crémeux, ses jambes de Maja. Elle paraissait tout à fait naturelle, digne veuve romaine d'un sénateur de la pègre. Seuls, ses yeux dorés semblaient éteints. Pour le reste, elle irradiait toujours, comme d'une lumière froide, d'une chaleur de marbre. Elle n'avait pas cillé le moins du monde quand le commissaire, cruellement, lui avait montré les photos, en récitant la litanie de ses péchés :

— Vous étiez la maîtresse d'Alvarez...

— Celui-là, je l'aimais, comment vous dire, commissaire : par haine.

— ... de Belkacem, de Bab-el-Oued...

— Sans importance, commissaire : des bêtes humaines.

— ... de Pascal Berutti.

— Celui-là, il m'aimait, je crois, vraiment, à sa façon.

— Vous alliez lui rendre visite avec une perruque blonde. Pourquoi vous cacher?

— Alvarez le voulait. Pascal était un élément essentiel dans son jeu contre les Orsini, étant donné la

146

place qu'il occupait auprès d'Aimé. Diego le destinait à une action de choix : la liquidation de Louis Orsini.

— Pourquoi tuer Louis Orsini? Et pourquoi Geneviève?

— Le testament d'Aimé...

Et tout ce qui restait dans l'ombre s'était alors éclairci quand Sylvaine avait raconté comment, après le meurtre d'Aimé qu'elle avait accompli elle-même avec un 6,35 donné par Alvarez, car son époux falot prenait dangereusement goût à l'autorité nouvelle de chef de clan, comment elle avait appris que le testament d'Aimé la deshéritait et que Louis et sa fille Geneviève devenaient légataires. Ainsi, Alvarez, qui avait déjà pu mettre la main sur les ressources clandestines des Orsini, voyait s'échapper la fortune officielle. Il fallait donc supprimer Louis et Geneviève.

Elle s'était arrêtée de parler, séduisant monstre calme. Et le commissaire avait compris que Pascal Berutti, avant de mourir, lui avait donné cette ultime preuve d'amour qui, somme toute, le rachetait : il n'avait rien dit à Louis Orsini du rôle de sa belle-sœur. Sinon, Sylvaine aurait sans doute été la première des trois victimes de la vendetta.

— Vous êtes certaine, demanda Maës, que les cinquante millions se trouvaient dans le coffre?

— Certaine, commissaire. Diego tenait cette somme prête en cas de fuite précipitée. Puisqu'il est mort au club *Paradis*, les cinquante millions y sont encore.

Maës songea que le destin n'embarquait pas sans biscuits son ami Louis, qui profitait ainsi du viatique d'Alvarez. La porte du bureau s'ouvrit. Un inspecteur passa la tête et fit un signe de dénégation. Louis courait toujours, avec les cinquante millions et le P 08 de son frère Aimé.

A cet instant, Louis ne courait pas. Il nageait, son

sac étanche autour du cou. Il se glissait doucement vers la plage de Cagnes, vers Stéfanie.

L'aimable Christine, qui barrait fort bien dans le vent lévé de cette fin d'après-midi, avait été désolée de le quitter si vite. Mais il lui avait promis de lui téléphoner le lendemain. Et, sans rien dire, elle avait serré les voiles, tandis qu'il plongeait.

Louis prit pied sur la plage. Il regarda s'éloigner le voilier et répondit aux signes que lui adressait Christine. Si les flics parvenaient jusqu'à elle, il était sûr qu'elle resterait muette.

Il était seul enfin, délivré de Nice, loin de Maës et de tous les flics de la terre. Une sensation de plaisir l'envahit, le plaisir de vivre, un plaisir animal, pur, enivrant, et le plaisir tout cérébral d'avoir gagné, une fois de plus!

Il respira profondément l'air chaud et salé, son odeur de résine et de mer. Il laissait s'échapper de lui toute la tension accumulée. Il se libéra dans un grand rire muet, balança son sac étanche à l'eau et se jeta derrière lui, dans un crawl forcené. Il nagea longtemps en le poussant entre ses bras, comme un ballon. Faire une solitaire partie de water-polo avec cinquante briques lui semblait un divertissement assez rare, qu'en cette occasion il pouvait vraiment s'offrir.

Il découvrit Stéfanie non loin de l'endroit où il avait débarqué. Elle aussi jouait au ballon, au volley-ball, avec une bande de jeunes gens aux longs cheveux. Il l'aima pour son insouciance et sa jeunesse, et aussi pour cet air de gravité qui, par instants, lui figeait le visage. Elle le vit lorsqu'il passa non loin d'elle d'un air absent. Elle se troubla une seconde et fit perdre un point à son équipe. Trois fois depuis midi, elle avait écouté les communiqués de la radio annonçant que la police cernait le troisième des frères Orsini.

Louis alla s'étendre sur la plage, à l'ombre d'une

barque retournée. Stéfanie quitta ses amis le plus naturellement du monde, sans précipitation. Il y avait déjà un quart d'heure que Louis attendait quand elle passa près de la barque. Elle s'éloignait. Elle jouait bien le jeu. Il attendit un peu et la suivit de loin.

La propriété donnait de plain-pied sur la plage, mais la villa était située un peu en retrait, au milieu d'une pinède. Une haie touffue de tamaris et de lauriers roses la ceinturait. Stéfanie attendit que les environs fussent déserts et s'infiltra entre deux massifs de lauriers. Une minute plus tard, Louis la rejoignit. La densité de la végétation les dissimulait à tous les regards.

Dans la pinède, Stéfanie marcha vite et silencieusement, en jetant des regards inquiets autour d'elle. Toujours sans prononcer un mot, elle conduisit Louis devant une porte vitrée, celle d'une vaste cuisine où il traîna le pas. Il avait faim soudain. La jeune fille se comportait décidément bien! Elle devina.

— Vous devez être mort de faim?

Louis sourit, acquiesça d'un signe de tête, et plongea dans les yeux de Stéfanie un regard amusé. Elle rougit, et, se détournant, fouilla dans le réfrigérateur.

Elle était vêtue d'un minuscule deux-pièces. Du sable collait encore par plaques brillantes sur la plage dorée de sa peau. Sa poitrine était petite mais la cambrure de ses reins coulait comme une dune, Louis la détaillait sans complexe mais sans insistance. Il s'amusait beaucoup de son trouble. Toute rose, Stéfanie supportait bravement l'examen et rosissait plus de plaisir que de gêne.

Elle servit un poulet froid, assurément moins tendre que ses lèvres, et une bouteille de Tavel duveteux au palais, mais sûrement moins que sa peau, où frissonnait encore le si doux duvet de l'adolescence. Ce genre de pensées venait tout naturellement à Orsini, comme un contrepoison à sa tension nerveuse, comme un antidote à sa précaire condition d'homme en sursis. Il finit cependant par baisser les yeux, parce qu'il commençait à prendre un goût trop vif à ce jeu.

Les pensées de Stéfanie suivaient-elles un cours semblable? Elle s'excusa en balbutiant, s'esquiva. Démarche légère, précipitée, adorable.

Il entendit couler l'eau d'une douche et s'efforça de ne plus penser qu'au poulet froid. Mais la seule évocation du mot poulet lui coupa l'appétit. Il repoussa son assiette et acheva la bouteille de rosé, à petites goulées voluptueuses. Puis il sortit son léger costume de toile du sac de plage et se rhabilla.

Il quitta la pièce après avoir joué deux minutes, comme un enfant, avec l'extraordinaire machinerie qui commandait l'ouverture des meubles, l'éclairage de chaque recoin, la soufflerie de la hotte et bien d'autres choses encore. Ici, tout fonctionnait automatiquement. Tout était amusant et beau, de briques cirées et de nickel étincelant, et pourtant il pensait avec nostalgie à la rustique cuisine de Kompong-Trach... Il passa dans la salle de séjour.

Le modernisme régnait également dans cette pièce de dimension démesurée, aux nombreux décrochements, avec un coin-repas, un coin-bibliothèque, un coin-cheminée, d'autres encore. D'énormes piliers de béton recouverts de tissu délimitaient ces enclaves, et un savant jeu de glaces amarrait la mer dans un angle de la pièce. L'énorme piano à queue ressemblait à un jouet, perdu sur les larges dalles cirées et se reflétant sur un plafond brillant comme du métal.

Orsini se sentait un peu un étranger dans ce décor hollywoodien, pourtant il découvrit sans hésitation le bar, avec son réfrigérateur incorporé. Dans ces cas-là, son instinct demeurait infaillible. Il plaça un verre sur un socle manifestement disposé à cet effet et appuya sur un bouton rouge, à tout hasard. Le scotch jaillit et la plate-forme pivota, entraînant le verre. A sa deuxième rotation, celui-ci reçut un glaçon, à sa troisième un jet de siphon. Orsini le retira précipitamment de peur que la machine ne se charge aussi de boire le scotch.

Il choisit le fauteuil le plus confortable et l'orienta face à la baie vitrée, en s'assurant qu'il n'était pas visible de l'extérieur. Là, enfoui, dévoré par le fauteuil, il se perdit dans la contemplation du jardin somptueux qui séparait la villa de la plage.

Stéfanie apparut, vêtue d'un kimono de soie orange. Son corps était étroitement moulé, plus suggéré encore que par le deux-pièces. Elle avait trouvé le temps de se recoiffer et de se passer un trait de pinceau sur les cils. Elle prit place face à Orsini et le regarda, sans rougir cette fois, avec détermination. Les glaces et toutes les surfaces polies et brillantes renvoyaient son image aux quatre coins de la pièce. Louis Orsini était cerné par la jeune fille, il était au centre de Stéfanie.

— Que pensez-vous de moi, Stéfanie? demanda-t-il doucement.

Elle haussa ses blonds sourcils, son regard vacilla un peu. Elle baissa finalement le nez. Elle avait tant de choses à dire.

— Je... je ne sais pas...

— Je vais vous aider, sourit Louis. Vous me voyez comme quelqu'un de bien, de très bien, ou de pas bien du tout?

Pourquoi ces questions puisqu'il connaissait la réponse. Il avait besoin de les entendre. Stéfanie répondit avec empressement :

— Comme quelqu'un de très bien!

Avec tout le romantisme de l'adolescence, ne le voyait-elle pas comme Colomba devait regarder Orso?

— Donc, vous ne me prenez pas pour un vulgaire assassin?

— Ni vulgaire, ni autrement. Si j'avais un frère ou un... Je voudrais qu'il soit comme vous!

— Vous savez que les flics me recherchent et vous vous compromettez en me donnant asile?

Elle opina sans répondre, d'un coup de menton farouche.

— Pourquoi m'aidez-vous, Stéfanie?

Elle hésita un peu.

— Peut-être... peut-être parce que j'en avais assez de jouer à des jeux de petite fille avec des jeunes gens qui ne sont que des petits garçons.

Elle n'avait pas relevé les yeux. Louis crut déceler un tremblement dans sa voix. Il posa sa main sur celles de la jeune fille. Un geste paternel. Les mains frémirent et ne se retirèrent pas. Au contraire, elles parurent se lover dans sa large paume.

— Voulez-vous m'aider encore, Stéfanie? J'ai besoin de vous.

Sans attendre de réponse, Louis se dirigea vers le bar où il remplit deux verres. Il en tendit un à Sté-fanie.

— Buvez! ordonna-t-il.

La jeune fille avala une grande lampée sans sourciller Puis elle dit :

— Je n'ai pas besoin de remontant pour entendre ce que vous avez à me dire, vous savez...

Louis appuya sur l'épaule nue une main dont la pression était un peu moins paternelle que précédemment.

— Je sais, dit-il. C'est moi qui en ai besoin. Parce que je ne sais pas si j'ai le droit de vous demander quoi que ce soit, si j'ai le droit de vous exposer. Pour le reste, je vous rends pleinement votre confiance. Serais-je ici autrement?

Stéfanie crispa son petit visage et but une nouvelle gorgée. Son verre était vide.

— Un autre? demanda Louis.

Elle fit signe que non, ferma les yeux et posa sa nuque sur le dossier du fauteuil. Louis n'avait pas retiré sa main. Lentement, Stéfanie laissa glisser sa tête sur le côté. Sa joue vint frôler la main de l'homme, s'y frotta bientôt, longuement, doucement.

Louis sentit la salive lui manquer, Stéfanie le troublait plus qu'il n'aurait voulu, plus qu'il n'aurait imaginé. Et ce n'était toujours pas le moment! Pourtant il laissa sa main, approcha son visage de celui de Stéfanie, effleura ses lèvres. Non, ce n'était pas le moment! Il se redressa et parla vite pour rompre le sortilège.

— Je voudrais que vous alliez à Marseille, Stéfanie.

La jeune fille ouvrit les yeux et répondit, mais sans cesser de caresser la main de Louis avec sa joue.

— J'irai quand vous voudrez, Louis, quand tu voudras.

Avait-il suffit de ce léger effleurement de leurs lèvres pour qu'elle se donne à lui, et qu'elle le lui signifie par ce tutoiement? Louis n'avait plus du tout envie de l'expédier à Marseille. Mais il le fallait. Au-dessus d'elle, son visage était crispé, sa cicatrice blanchissait.

— Il faut partir tout de suite, Stéfanie. Combien de temps vous faut-il pour faire l'aller et retour?

— Six heures environ. Ma voiture est rapide et je passe partout. Je conduis très bien, tu sais. J'aurais voulu être pilote de course mais papa dit que ce n'est pas un métier de femme, et surtout pas de femme bien élevée. Il est vieux jeu.

Elle rit et referma les yeux, visage toujours souriant aux paupières closes, extraordinairement décontractée. Ce qui était normal, puisqu'elle était heureuse, heureuse d'être amoureuse.

Maintenant, ce n'était plus sa joue mais ses lèvres qui couraient sur les phalanges crispées de Louis Orsini

— Six heures, dit-il. Plus deux heures à passer là-bas. Huit en tout...

Il consulta sa montre.

— Vous serez de retour à 3 heures du matin. Vous pouvez le faire? Vous vous sentez vraiment capable de le faire?

Elle rit de nouveau, d'un rire si frais qu'il faisait mal.

— J'adore conduire. Et pour toi, que ne ferais-je pas? Que n'ai-je pas déjà fait?

— Alors, voilà ce que vous ferez encore : vous irez sur le port. Vous chercherez un bateau qui s'appelle le *Ville de Singapour*. Capitaine Carl Mueller. Vous vous rappellerez? Peut-être y retrouverez-vous deux hommes à moi, s'ils ont pu s'en tirer, deux Vietnamiens, nommés Chanh et Nguyen. En tout cas, rappelez-vous bien : le *Ville de Singapour*.

Elle répéta docilement :

— *Ville de Singapour*. Capitaine Mueller. Et je lui dirai de tout arranger pour votre départ clandestin... J'espère que le bateau ne partira pas avant longtemps...

Louis sentit ses maxillaires se contracter. Sa voix était sourde lorsqu'il répondit :

— Vous lui direz exactement cela! Et j'espère aussi que le départ du *Ville de Singapour* n'est pas pour demain...

Stéfanie abandonna le fauteuil, se dressa avec la vivacité d'un jeune chat bondissant sur un papillon. Elle rit encore et fit voler ses blonds cheveux fous.

— Je vais me changer, dit-elle.

Elle dit cela et demeura pourtant immobile devant Louis. « Il faut que je la prenne dans mes bras maintenant, se dit-il. Afin de ne pas passer pour un imbécile.

154

Et aussi parce que j'en ai envie comme jamais!»
Dans ses bras, elle gémit. Ses pieds ne touchaient
plus terre. Son âme non plus, sûrement. Louis retint
son propre vol. Non ce n'était pas possible. Parce
qu'elle avait dix-huit ans, parce qu'il s'en irait demain,
parce qu'il ne voulait pas l'emmener, parce qu'il était
Louis Orsini et qu'il avait de l'honneur : on ne marque
pas une femme qui se donne aussi totalement quand
on doit la quitter le lendemain, et pour toujours.

Louis relâcha son étreinte. Stéfanie faillit s'effon-
drer. Son petit visage doré était chiffonné, douloureux
mais resplendissant, comme si cette brève et simple
étreinte l'avait définitivement arrachée à l'enfance
pour en faire une femme. Elle s'enfuit en titubant.

Lorsqu'elle fut de retour, cinq minutes plus tard,
en pantalon de velours turquoise et léger pull de la
même couleur, Louis lui tendit deux liasses de billets.

— Pour Mueller, dit-il, à titre d'avance. Dites-lui
qu'il y en aura beaucoup d'autres.

Il y avait deux millions d'anciens francs. Stéfanie
les enfouit dans son sac sans même les regarder. Son
visage avait pris de la gravité. Elle s'approcha de
Louis, se hissa sur la pointe des pieds, embrassa légèrement sa bouche.

— Louis, souffla-t-elle, fais attention... Garde-toi
bien!

Elle l'embrassa encore puis ajouta :

— Je ferai vite.

Louis sourit, avec gravité lui aussi.

— Mais pas trop vite... Garde-toi aussi, Stéfanie!
Pour moi, pour nous.

Elle souffla :

— Louis?

Il ne répondit pas, attendit, craignant que cela
arrive maintenant, qu'il ne puisse plus résister. Mais
Stéfanie ferma les yeux et baissa le front.

— Rien... dit-elle. Je ne te demande rien... Même pas de m'aimer. Mais moi, je t'aime!

Elle murmura d'un ton si bas ces derniers mots que Louis ne fit que les deviner sur ses lèvres tremblantes. Sa cicatrice recommença à blanchir. « Arrête, petite, pensa-t-il. Arrête! Je te jure que ce n'est pas le moment! »

Elle s'arracha à ses bras, passa la porte en courant. Louis se servit un nouveau whisky en faisant la grimace et en tâtant son foie. Il haussa les épaules, avala le verre d'un trait et s'en servit un autre. Quand il entendit ronfler le moteur de la voiture, derrière la maison, il leva son verre dans la direction du bruit et trinqua avec la nuit. Il pensa trois choses.

La première fut une sorte d'hommage à la vie qui, dans les moments les plus critiques, faisait soudain jaillir une jolie fleur au milieu des rocailles, au milieu des charognes.

La seconde fut pour souhaiter bonne chance à la jolie fleur, et aussi bonne chance à lui-même, car il ne s'oubliait jamais lorsqu'il invoquait la Fortune et des tas d'autres dieux obscurs qui lui étaient très personnels et souvent très fidèles.

La troisième fut pour s'engueuler, à cause de ce romantisme qui le faisait s'arrêter pour respirer une jolie fleur au milieu des puanteurs.

Un de ses dieux obscurs était dans cette marche continuelle, ce refus de s'arrêter pour qui ou quoi que ce soit n'allant pas son allure. C'étaient les gens et les choses qui le suivaient, qui se mettaient en route derrière lui, qui le prenaient en marche, et non lui qui s'immobilisait. Il n'avait fait halte qu'à Kompong-Trach. Et puis il avait dû reprendre la route.

Stéfanie Demarquette s'aperçut rapidement qu'elle mettrait plus de temps que prévu pour accomplir son voyage. Les rues de Cagnes étaient considérablement encombrées mais ce n'était rien à côté du gigantesque embouteillage qui l'arrêta bien avant l'entrée de l'autoroute, où la police contrôlait chaque véhicule. Lorsque son tour vint de franchir le barrage, elle était au bord de la crise de nerfs. Pourtant, elle parvint à sourire au policier qui lui demanda ses papiers. L'homme, en civil, devait appartenir aux services de ce fameux Maës dont Louis lui avait parlé. Ce n'était pas le moment de flancher. Remarqua-t-il son tremblement? Il lui rendit son sourire avec ses papiers, s'excusa et lui laissa le passage.

Stéfanie embraya sèchement et commença à monter ses vitesses à la limite du compte-tour. La petite M G s'enragea.

Le policier appartenait en effet à la Brigade Anti-Gang. Avant que les feux arrière de la M G eussent disparu, il était déjà entré en contact avec le commissaire qui attendait dans son Q. G. de la Préfecture, entouré de téléphones déchaînés et d'hommes crispés. Il n'avait pas desserré les lèvres depuis la fin de l'interrogatoire de Sylvaine Orsini.

Maës était persuadé que Louis n'avait pu quitter Nice. Depuis le début de l'après-midi, il faisait fouiller tous les endroits susceptibles de l'abriter. Ses hommes enquêtaient auprès de tous les anciens amis ou relations des frères Orsini. Chacun d'eux possédait une longue liste de noms, dont celui de Demarquette.

Tous ces gens touchant de près ou de loin à l'affaire étaient surveillés dans leurs moindres faits et gestes, mais à l'intérieur de Nice seulement. Maës n'avait pas pensé à Stéfanie qui, en principe, ne devait pas connaître Louis Orsini, et qui, toujours en principe, ne se trouvait pas à Nice.

Où allait-elle et pour quelles raisons? Se pouvait-il que cette gamine de dix-huit ans ait quelque chose à voir avec Louis Orsini? Maës ne négligeait aucun détail. Il donna des ordres.

Il fit dresser de nouveaux barrages sur toutes les sorties de la Nationale 7, surveillant toutes les artères susceptibles d'être empruntées par la petite M G dont le passage fut contrôlé à Brignoles, puis à la sortie de Tourves, sur la D. 7, et enfin à Aubagne. Maës la suivit carrefour par carrefour, kilomètre par kilomètre.

A l'entrée de Marseille, une Matra prit discrètement Stéfanie en chasse. Avant qu'elle eût rencontré Mueller, Maës savait qu'elle se trouvait à bord du *Ville de Singapour*. Et il ne lui fallut pas longtemps pour obtenir de Paris la réponse qu'il connaissait déjà : Mueller et Orsini avaient fait ensemble les quatre cents coups, au temps de leur jeunesse folle.

Dès lors, le commissaire n'eut plus aucun doute et ne fit plus suivre le retour de Stéfanie que par acquit de conscience. Il dépêcha, dans le même esprit, une équipe au domicile niçois du notaire Demarquette. Après quoi, il prit la route avec le remplaçant de Pédrinelli.

Lorsqu'il parvint à Cagnes, Stéfanie, sur la route du retour, n'avait pas dépassé Aubagne. Elle était heureuse. Tout s'était bien passé avec Mueller. Le bateau ne partirait pas avant huit jours. Une semaine de bonheur l'attendait. Après? Elle ne voulait pas y penser, elle avait le temps de mourir de chagrin. Et qui sait? Elle était capable d'être une femme pour Louis, d'être sa femme. Elle serra les dents. Elle ferait tout pour cela, elle le forcerait à l'aimer, à l'emmener!

Maës, lui aussi, pensait savoir comment forcer Orsini. Après avoir mis la petite sation balnéaire en état de siège, il laissa son adjoint derrière lui, avec mission de ne pas intervenir avant deux heures. Il ne comptait pas avoir besoin de plus de ce temps pour convaincre Louis Orsini. Puis il se mit au volant de sa DS et roula seul vers la villa de Demarquette.

Il était minuit. Depuis longtemps, Louis avait fini de s'occuper. Toutes les issues de la villa étaient barricadées. Il avait reconnu qu'il n'existait aucun bon chemin de repli. Si les flics le repéraient, s'ils se donnaient la peine de lui opposer un filet serré, il lui serait impossible de fuir, même en profitant de la pinède et de la nuit. La lune brillait peu, mais c'était encore trop, et les arbres espacés offriraient un maigre abri à sa lourde carcasse. Il n'aurait qu'une solution : s'en tenir à la villa, tirer en économisant les cartouches, pour faire durer le plaisir, et ne pas oublier de garder la dernière. La dernière cartouche, en guise de chemin de repli, c'était mieux que rien, beaucoup mieux que la captivité, en tout cas.

Il avait laissé la baie vitrée ouverte sur la plage et la mer, sur l'infini. Toujours assis dans le même fauteuil, immobile au milieu de la pièce, figé, comme une statue, il contemplait le jardin, fermé comme le monde est fermé. Combien de fois avait-il parlé de cela, en fumant quelques pipes d'opium, avec Maës... Ne pas penser à Maës!

Il étouffait. Il était arrêté, enfermé! Stéfanie bougeait pour lui, certes, mais elle tardait! Chaque heure était une éternité. Il ne comptait plus les whiskies. Il était trop tendu pour que l'alcool parvienne à l'assommer, tendu et moulu de corps, mais intact d'esprit. Redoutablement. Beaucoup trop lucide. Comme dans l'opium, mais sans le détachement, avec la douleur en plus, une douleur physique, comme si ses pensées avaient pris chair!

Il aimait ces tête-à-tête avec lui-même, mais toujours il était saisi par l'angoisse, par une peur de l'abîme, la peur de tout envoyer au diable, et lui le premier!

Et il y avait toujours ce moment où il finissait par se rencontrer. Il avait beau brouiller sa piste, il ne parvenait jamais à égarer ses fantômes.

Recroquevillé dans son fauteuil, il succombait à leur assaut. A cause de Geneviève, de mademoiselle Lee, de Stéfanie. Trois enfants... Il n'avait aimé que les enfants tout au long de sa vie, il s'en apercevait maintenant. C'est pour cela sans doute qu'il avait monté son commando, parce que ses hommes étaient comme des enfants, pour cela qu'il aimait Kompong-Trach et ses hévéas alignés comme des soldats de plomb, pour cela qu'il aimait tant le Cambodge. Le Cambodge était situé de l'autre côté du miroir. Voilà! Dire que le Cambodge se trouvait en Asie ne signifiait rien! En réalité, il se trouvait au pays d'Alice, au pays des merveilles, au pays du Petit Prince. Et lui aussi était un enfant qui n'avait jamais cessé de poursuivre ses rêves. Un enfant qui rêvait d'être un homme. Mais un vrai. Y était-il parvenu?

Geneviève... Et Stéfanie... Geneviève qu'ils ont tuée, Stéfanie qui va pleurer. Et ce con de Maës qui vient se mêler de tout ça, qui passe de l'autre côté du miroir avec ses grosses godasses cloutées! Au nom de quoi, grand Dieu? Au nom de l'amitié?

Louis grimaça. L'amitié, ce n'est pas vrai! Encore un truc, un mensonge. La preuve! Dans la jungle, peut-être, mais pas dans les villes, pas de ce côté du miroir. De ce côté, rien n'est possible, tout meurt. Et c'était bien pour cette raison qu'il avait quitté la France, trop petite pour ses grandes ailes.

Il sursauta. Une ombre se glissait dans le jardin. Il se coula au bas du fauteuil, rampa au fond de la pièce, vif comme un serpent, et se mit en embuscade derrière le plus gros des piliers de béton. Son pistolet était dans sa main depuis l'instant où il avait aperçu la silhouette de Maës. Mais il ne reconnut le commissaire que l'instant d'après, lorsque celui-ci se campa bien en évidence devant la baie vitrée.

Maës! Alors, c'est foutu! Louis Orsini ricane.

Tout compte fait, il n'est pas mécontent de l'arrivée du commissaire. L'action la plus dure, même avec une chance sur mille — car il refuse l'évidence et s'obstine à croire qu'il y a toujours une chance — vaut mieux que cinq minutes de réflexions lucides.

Louis Orsini ricane parce qu'il va se battre et que se battre est l'une des rares choses qu'il sache aimer, donc bien faire.

Maës se tenait planté devant l'ouverture. Sa main droite cherchait un interrupteur le long du chambranle de la porte. Sa gauche pendait le long de son corps, inerte et vide d'arme. Il trouva l'interrupteur. Mais la lumière ne se fit pas. Tous les compteurs avaient été coupés.

Louis se demandait comment Maës était parvenu à lui puisqu'il ignorait tout de ses rapports avec Stéfanie. Qui l'avait mis sur sa piste? Qui l'avait prévenu? Il ferma les yeux. Une lassitude infinie s'empara de lui, le goût, un instant, de tomber à genoux, et l'envie de vomir. Non... Pas Stéfanie! Pas elle!

Mais si! C'était elle! Le commissaire l'avait arrêtée au premier contrôle routier. Et elle avait parlé. Ce salaud était parvenu à la faire parler! Lentement, Louis leva son pistolet. Même avec cette obscurité, il était capable de le toucher en plein front, entre les deux yeux.

La voix de Maës arrêta son index, cette voix de l'amitié ancienne arrêta sa colère. Il baissa le front et écouta.

— Louis, disait le commissaire, je sais que tu es là! je sais beaucoup de choses. Louis, tu ne prendras pas le *Ville de Singapour*. Et Stéfanie ne peut plus t'aider.

161

Comment cela? Est-elle morte, elle aussi? S'est-elle tuée au volant de sa voiture? A-t-elle trahi? Mais Maës a deviné la confusion que ses paroles ont pu faire naître dans l'esprit d'Orsini. Il se hâte d'ajouter :

— Nous avons suivi Stéfanie Demarquette. Elle ne s'en est pas aperçue et roule en ce moment vers toi. Si tu veux la revoir un jour, Louis, rends-toi sans faire d'histoire. Rends-toi avant qu'elle n'arrive ici et j'oublierai de la poursuivre pour complicité.

Derrière son pilier, Louis se mit à trembler. Ce n'était donc que cela! A Dieu merci, donc, si Dieu s'occupe de ces choses-là...

— Louis! reprenait Maës, tu peux t'en tirer à bon compte. Je ferai tout pour cela. Tu reverras Kompong-Trach. Écoute! Berutti, c'était de la légitime défense, et pas de mon ressort. Alvarez, c'était l'assassin de ta fille. Les affaires passionnelles bénéficient en France de l'indulgence la plus extrême. Rends-toi, Louis!

Louis ne répondit pas. La lune disparaissait derrière les nuages. Il faisait très sombre. Mais il avait des yeux de chat, et il savait Maës handicapé de ce côté-là.

Il voyait Maës s'avancer lentement, l'ombre de Maës. Le commissaire allait à pas prudents. Oui, son héméralopie le gênait considérablement. Il écarquillait les yeux. Il maudissait cette nuit. Il devait se comparer à une mouche en train de se noyer dans un bol de café. Avec de la chicorée...

Louis crispait machinalement sa main sur la crosse du P 08. Il eut un geste agacé en desserrant son étreinte. Dans cette affaire, il n'avait pas besoin de pistolet. Parce que Maës semblait être seul.

Pourquoi le commissaire serait-il venu seul? Pour épargner la vie de ses inspecteurs, sur lesquels Louis Orsini aurait tiré sans hésitation? Tiré avec rage, avec cette sombre jouissance que procure la destruction à un homme au bout de la colère, bien plus loin que la colère? Maës avait dû songer à cela. Mais voulait-il aussi épargner la vie de Louis Orsini, le sauver de lui-même?

Louis Orsini connaissait suffisamment Kléber Maës pour supposer que celui-ci ait voulu régler seul le problème. C'était tout à fait dans la ligne du personnage. L'orgueil, cette volonté de fer de l'orgueil! Louis ricanait encore, mais, cette fois, avec une nuance de respect, d'estime, et même d'affection. Maës était sûr de lui, certain que Louis ne le tuerait pas! Une fois de plus, son raisonnement était bon. Louis eut un regain de colère. Ses sentiments se heurtaient. Il fut de nouveau sur le point de tirer.

A dix pas, Maës s'arrêta. Il écoutait intensément, à défaut de voir. Il devait même fermer les yeux pour mieux se concentrer, pour déceler le bruit le plus infime. Il retenait sa respiration. Mais Louis Orsini en faisait autant. Le commissaire pinçait les narines, filtrant l'air comme un chien, afin de capter le moindre effluve de sueur ou de cette eau de toilette dont Louis Orsini avait l'habitude de s'asperger.

Maës se tenait très droit, les bras ballants. A cause de la fraîcheur du soir, il avait revêtu un léger manteau, boutonné de haut en bas. Avait-il seulement songé à son colt, se demanda Louis, portait-il seulement son holster?

Louis esquissa un sourire. Car, ici, il voyait la faille dans le raisonnement et l'erreur dans le calcul. Cette fois, Maës se trompait, il n'avait pas su évaluer les sentiments qui l'habitaient, lui, Louis Orsini. Les fantômes avaient définitivement gagné la partie, il était désormais au-delà des mots. Ceux de Maës ne possédaient plus aucun pouvoir, et ça, Maës ne pouvait pas le savoir.

Il parlait de nouveau, du ton qu'il aurait employé au cours d'une partie d'échecs, pour lui dire comme jadis : « Non, Louis, si tu bouges cette pièce, je te mets en échec et mat en deux coups, et ce serait vraiment trop facile ».

— Louis, disait-il, je sais où tu es. Je t'entends respirer, je te devine.

Louis ne répondit pas. Maës reprit :

— Je sais que tu me vois. Alors, Louis, pourquoi ne tires-tu pas?

Louis n'était pas disposé à sortir de son mutisme. Le commissaire eut un soupir. Avec des gestes très lents, il enfonça ses mains dans les poches de son manteau et en sortit l'étui de ses lunettes. Toujours aussi lentement, comme en décomposant ses mouvements, il enleva les lunettes de l'étui, les tourna un instant dans ses mains, les remit dans l'étui et replaça l'étui dans sa poche.

— Tu vois, Louis, tu ne tires pas. Écoute-moi, Louis, les issues sont gardées. Tu ne peux t'échapper. Tuer un ou deux flics avant de te faire abattre serait inutile. Je sais que tu n'aimes pas les choses inutiles. Donne-moi ton pistolet!

Le jeu ne pouvait s'éterniser. Cela aussi devenait une chose inutile. Tout devenait inutile dans la vie de Louis Orsini. Il fit un pas, quitta la protection du pilier. Il se rendit compte que Maës ne s'était pas aperçu de son mouvement. A son tour, lentement, il fouilla dans ses poches, en sortit un cigare.

La flamme de son briquet, dans cette obscurité et ce silence, prit des proportions d'incendie. Maës distingua enfin son visage sombre, aux muscles saillants. Sous la danse de la flamme, avec ses creux et ses arêtes, son masque prit l'aspect d'une sculpture de buis ou d'olivier, comme en font les bergers corses au pommeau de leurs bâtons. Jamais Louis Orsini n'avait eu une tête aussi absolument corse.

Maës ne bougea pas. La flamme s'éteignit. Le

commissaire vit le point lumineux du cigare se rapprocher de lui. A chaque pas, il distinguait mieux les
lèvres et le menton, la fossette profonde, les maxillaires saillants, la cicatrice livide dans le menton bleui.
Du buis. Des torsades de buis. Ou d'olivier.

Orsini s'arrêta devant lui, à le toucher. Le cigare
suffit à éclairer leurs yeux. Ils se contemplèrent en
silence. Le regard de Maës était grave et triste. Celui
de Louis n'était qu'une fente, une meurtrière. Et
Maës vit que, derrière cette meurtrière, toutes les
armes de Louis Orsini étaient braquées.

Cela devenait vraiment très pénible.

— Donne ton pistolet, Louis!

Toujours cette lenteur des gestes! Louis ouvrit sa
veste. Sa main étreignit la crosse du pistolet passé
dans sa ceinture.

Maës ne fit pas un mouvement. Il ne broncha
vraiment pas lorsque Louis lui planta le canon du P 08
dans le ventre. Ce contact lui fit mal. Pourtant il ne
cilla pas. Il pensa une seconde que Louis allait tirer.
Il eut donc une seconde d'affolement. Non qu'il eût
peur. Il s'affola parce qu'il pensa s'être trompé dans
ses calculs.

Alors Louis recula son arme et se mit à sourire, non
seulement des lèvres mais aussi des yeux. Ses paupières se descellèrent. Maës plongea dans le bleu de
ces yeux, soudain livrés malgré l'ombre. Il s'étonna
une fois de plus : quels iris étranges et éclatants dans
ce teint sombre!

— Non! répondit simplement Orsini en replaçant
son pistolet dans sa ceinture.

Maës avait retrouvé toute sa confiance. Il sourit
à son tour, aussi légèrement :

— Alors, dit-il, je vais le prendre.

Louis fit un pas en arrière.

— Non! répéta-t-il.

Maës tendit la main, toujours aussi lentement. Tout cela semblait tellement irréel... Louis fit un autre pas en arrière. Et, cette fois, il parla :

— Désolé, Kléber! Je vais être obligé de te cogner un peu... Parce que je veux passer et que je passerai. Y compris sur ton corps. Je n'ai ni l'habitude, ni l'intention de me rendre. Tu comprends, chez les Orsini, c'est une tradition : on ne se rend pas. Tu dois me comprendre...

Maës fit à son tour un pas en arrière. Ce qui portait à trois pas la distance qui les séparait. De là, il ne distinguait plus que la silhouette de Louis Orsini.

— Écoute! dit-il. Tout à l'heure, je ne t'ai pas dit la vérité : les issues ne sont pas gardées. Tu peux t'échapper. Mon devoir est de t'en empêcher. Chez les Maës, il y a aussi des traditions, dont celle de toujours faire son devoir.

Lui aussi, il ajouta :

— Désolé, Louis! Mais tu dois me comprendre...

Voilà qui était fait pour plaire à Louis Orsini : s'entendre parler avec la bouche de Maës. Son visage se figea mais il souriait intérieurement.

— Alors, dit-il, c'est de nouveau l'impasse! Qu'est-ce qu'on fait? On joue le jeu des légionnaires? On s'éloigne, on se cherche au bruit, dans l'obscurité, et on se tire dessus? A ce jeu, je vais gagner, Kléber!

Maës se rapprocha d'un pas.

— Je ne vais pas te laisser t'éloigner.

En effet, l'attitude du commissaire avait changé. Il paraissait moins grand. Il s'était tassé sur lui-même, tous ses muscles étaient tendus. Il s'apprêtait à bondir.

— Kléber...

— Oui?

— Tu m'emmerdes, tu sais...

— Tu parles trop, Louis. Ce n'est plus le moment!

Louis ne vit que l'amorce du mouvement mais il

ressentit totalement la douleur. Maës s'était lancé, tête en avant. Cette tête et les quatre-vingts kilos qui suivaient touchèrent durement le sternum de Louis. Il roula à terre, suffoquant et blême. Son pistolet tomba de sa ceinture. Lorsqu'il se releva, son P 08 était dans la main de Maës. Il fit la grimace, se massa les côtes et souffla bruyamment. Lorsqu'il put parler, il dit gaiement :

— Chapeau, vieux flic! Tu tiens la forme. Qu'est-ce que c'est? Karaté?

— Non, Louis. Amitié...

Louis épousseta son pantalon, frotta ses mains l'une contre l'autre.

— Bon! fit-il. C'est pas tout ça, maintenant il faut que je file, Kléber. Tu peux garder le pistolet, je t'en fais cadeau. Souvenir d'un vieux copain. Je te salue bien, Kléber!

Pour Maës, ça commençait à mal tourner, à très mal tourner, parce que Louis Orsini lui tournait les talons et qu'il s'en allait. Il dit d'une voix blanche :

— Arrête, Louis! Ça suffit!

Il attrapa son ami par le bras, le retint, mais Louis l'entraînait avec lui.

— Ne m'oblige pas à te tirer dans les jambes!

Orsini s'arrêta.

— Écoute, Kléber! Ça devient con, tout ça. Ça tient de la farce. Je t'ai dit que je filais. C'est toi qui parles trop, maintenant. Tire donc!

Il ne distinguait pas les couleurs mais il était sûr que les phalanges de Maës blanchissaient sur la crosse du pistolet, et aussi sur la gâchette, comme blanchissaient ses lèvres.

— Finissons-en! dit encore Louis.

Après quoi, il saisit le poignet armé de Maës et essaya de le tordre. Le commissaire luttait avec rage, mais il tentait surtout de dégager son index de la gâchette et cela le gênait considérablement. Louis le frappa durement dans les jambes. Maës eut mal et il s'affaissa un peu.

Louis broyait si bien son poignet que le coup partit. La balle traversa la cuisse de Maës. Elle ne sectionna aucune artère et ne cassa pas le fémur. Mais la blessure saignait beaucoup et le projectile, en sortant, avait arraché un bon morceau de chair. Le gendarme devrait attendre quelques semaines avant de pouvoir courir après les voleurs.

Maës n'avait pas lâché le pistolet. Il haletait, durement sonné. Il luttait maintenant contre l'évanouissement. A côté de lui, à quatre pattes, Louis cherchait son cigare perdu dans la bagarre.

Louis ne portait ni cravate, ni ceinture. Il enleva celle du commissaire en s'excusant, et lui fit un garrot. Après quoi, il ralluma son cigare et s'assit aux côtés de Maës.

— Tu vois, lui dit-il, où nous mènent tes conneries!

— Si tu n'avais pas armé ton pétard! soupira Maës. Tu voulais me tirer dessus?

— Je ne t'attendais pas, pas précisément toi. En tout cas, j'avais mis la sécurité. Si tu n'avais pas enlevé la sécurité! Tu voulais me tirer dessus, Kléber?

Maës soupira de nouveau, mais de douleur. Elle se faisait lancinante, lui prenait toute la jambe, s'attaquait au ventre. A son front, la sueur jaillit soudainement. Il gémit et renversa la tête en arrière, ferma les yeux. Il murmura quelques mots, mais Louis dut se pencher pour les entendre.

— Écoute! disait Maës. Dans ma poche... Les menottes... Une à ton poignet droit, l'autre à mon poignet gauche...

Louis haussa les épaules.

— Ami, murmura-t-il, tu devrais consulter un psychiatre : tu fais de l'obsession chronique!

Il ajouta légèrement :
— Cette fois, je file. Il se fait tôt.

En effet, le jour venait blanchir la baie vitrée. L'obscurité se dissipait comme se lève le brouillard. Ce brouillard était devant les yeux de Maës mais il distingua cependant la silhouette de Louis Orsini.

Dansante, cahotante, ivre, la silhouette s'éloignait. Louis balançait à son poignet un gros sac de plage. Maës au bord de l'inconscience, au bord de l'échec, leva le P 08. Une tonne au bout de son bras ! Une tonne sur sa gorge asséchée, un voile devant ses yeux, un hoquet, un éclair ! Et le bruit infernal de la détonation. Qui avait tiré ? Il ne s'aperçut pas que c'était lui. Au bout d'un long couloir, au bout de la nuit, il vit l'ombre d'Orsini comme projetée en avant.

Louis tomba sur les genoux, demeura à quatre pattes un long moment. Il secouait la tête comme un cheval écroulé entre ses brancards. Puis il se releva enfin et reprit sa marche titubante.

Maës ne pouvait pas voir son visage et ce fut heureux parce qu'il n'aurait plus rien compris. Il aurait été navré de s'être trompé aussi lourdement dans ses calculs. Parce que, pâle comme la mort qui s'insinuait en lui, Louis Orsini souriait. Pour les ordinateurs, il n'est pas possible que sourient les morts.

Le commissaire se rendit compte, enfin, que c'était lui qui avait tiré, mais il crut avoir raté sa cible. Il releva le P 08 et visa les jambes d'Orsini. Louis marchait si lentement qu'il ne pouvait pas le manquer, d'autant plus que le jour se levait. Mais le pistolet était trop lourd. Maës laissa retomber son bras, puis il s'évanouit.

Louis entendit le bruit du pistolet qui retombait sur le sol. Il se retourna et vit que Maës avait perdu connaissance. Il s'agrippa au chambranle de la porte.

La pièce tournait, le corps de Maës dansait comme une épave sur une vague.

— Tu vois, murmura Louis. Tu ne pouvais pas m'empêcher de filer.

Du revers de la main, il essuya la mousse rosâtre qui venait à ses lèvres et fit la moue.

— Je me tire même à toute vitesse, murmura-t-il.

L'air frais lui fit du bien, lui donna un regain de forces. Juste de quoi traverser le jardin et atteindre la mer.

Il n'y avait pas un chat sur la plage. Évidemment, il n'était pas 5 heures du matin. Au loin, les lumières de Cagnes brillaient toujours. Le sable aussi brillait d'un éclat mat à cette heure sans soleil, l'heure du chien et du loup, où tout se confond, hommes et choses.

Louis ne voyait pas la mer. Il eut peur. La mer était-elle encore là? Était-il déjà mort? Bien sûr, la mer ne pouvait pas s'en être allée. Il rampa vers elle et se demanda s'il commençait à délirer.

Il se redressa, fit quelques pas, courut, emporté par son poids. Il s'effondra tout de suite, piqua du front dans le sable. Il avait horriblement mal dans tout le dos, dans tout le ventre. Le sang coulait par les deux jambes de son pantalon. Il était heureux, façon de parler, que l'hémorragie ne fût pas interne. Il aurait souffert bien davantage, et toute souffrance excessive salope la mort.

Il reprit sa reptation, lente et dérisoire. Il rampa farouchement vers une petite barque qu'un estivant avait laissée là, à moitié retournée, soulevée et retenue par deux planches. Il se glissa entre les planches, sous la barque, et se recroquevilla sur sa douleur, en chien de fusil, les doigts incrustés autour de sa blessure, sur son ventre. Le trou de sortie du projectile était plus gros qu'une pièce de 1 franc.

C'était une petite barque de plastique, presque un

jouet. Un mauvais jouet qui glissait mal sur l'eau. Un mauvais bateau. Mais on ne choisit pas toujours son tombeau, pensa Louis Orsini. Tombeau plus que provisoire, d'ailleurs. Il s'étonnait que les hommes de Maës ne soient pas encore là.

La douleur le tenaillait. Il essaya de ne pas y songer. Mais à quoi songer? Le reste faisait plus mal encore. Il se produisit alors une chose étrange, une chose qui ne lui était jamais arrivée. Il sentit passer quelque chose entre ses paupières. Comme de l'eau. De l'eau salée. Comme la mer. Il s'aperçut alors que c'était une larme et n'en revint pas. Mais il n'eut pas honte. Il ne pleurait pas sur lui, mais sur tout ce gâchis, sur toute cette connerie.

Il pensa à Chanh et à Nguyen. Il pensa ensuite à Maës, pour se changer les idées. Vraiment, il en avait besoin. Il se prit à rire, parce que Maës le ferait chercher partout dans Cagnes, alors qu'il se trouvait là, à quelques mètres. Après tout, peut-être que Maës aurait l'idée de faire descendre quelqu'un sur la plage, et peut-être que ce quelqu'un aurait l'idée de regarder sous la barque?

Cela le fit rire, encore. Et ce rire le vida de son dernier sang. C'est comme ça qu'il mourut et ne put s'occuper davantage de sa mort. Si bien qu'elle resta pour lui ce qu'elle avait toujours été : une énigme douloureuse.

Il était 10 heures du matin. Le soleil brillait. La mer était belle. Des filles superbes allaient de la mer au sable et du sable à la mer. Elles riaient et chuchotaient à cause du clochard qui dormait sous la barque.

Des enfants jouaient avec un ballon rouge, ce qui énervait prodigieusement un vieux monsieur que tout énervait.

Il arriva que le ballon alla rouler sous la barque.

Un enfant s'approcha et s'adressa poliment au dormeur mais il ne parvint pas à le réveiller. Il glissa un bras sous la barque et ramena un gros sac de plage tandis que s'envolaient de bourdonnantes mouches bleues. Il l'ouvrit, le secoua. Neuf cent soixante billets de 500 francs tombèrent sur le sable.

Le main de l'enfant était rouge, rouge comme le ballon, rouge et poisseuse. Et c'est ainsi que Kléber Maës n'eut pas à faire chercher longtemps le corps de Louis Orsini.

TABLE DES MATIÈRES

PRODUCTION
EDITO-SERVICE S.A., GENÈVE

IMPRIMÉ EN ITALIE